旅伴文库·散文精品城际阅读

聂震宁／总主编
王剑冰／主编

头脑中的旅行

彭程——著

漓江出版社
·桂林·

图书在版编目 (CIP) 数据

头脑中的旅行/彭程著 .-- 桂林:漓江出版社,
2021.10
(旅伴文库 . 散文精品城际阅读 . 第二辑)
ISBN 978-7-5407-8893-3

Ⅰ . ①头… Ⅱ . ①彭… Ⅲ . ①散文集—中国—当代
Ⅳ . ① I267

中国版本图书馆 CIP 数据核字(2020)第 130464 号

TOUNAO ZHONG DE LÜXING
头脑中的旅行
彭程　著

出版人:刘迪才
丛书策划:张谦
责任编辑:黄彦
书籍设计:石绍康
责任监印:张璐

出版发行:漓江出版社有限公司
社址:广西桂林市南环路 22 号　邮编:541002
发行电话:010-65699511　0773-2583322
传真:010-85891290　0773-2582200
邮购热线:0773-2582200
电子信箱:ljcbs@163.com
微信公众号:lijiangpress
印制:三河市中晟雅豪印务有限公司
[河北省三河市泃阳镇错桥村　邮编:065299]
开本:880 mm × 1230 mm　1/32
印张:6.5　字数:76 千字　插页:16
版次:2021 年 10 月第 1 版　印次:2021 年 10 月第 1 次印刷
书号:ISBN 978-7-5407-8893-3
定价:35.00 元

目 录

Contents

总 序

聂震宁

“旅伴文库”乃应时而生的出版项目。当今之世，既是提倡全民阅读之时，又是全民旅行已成热潮之际，正应了古人“读万卷书，行万里路”的人生信条。究其实，现代交通工具大大方便了百姓的出行，旅行几乎成了普通民众的一种生活常态，“行万里路”已成简单的事情；而全民阅读则还在国家、社会的提倡中，普通人真正要“读万卷书”，似乎还比较困难。然而，唯其难，故而需要多方设法推动，长期用心提倡。漓江出版社策划设计这一文库，既顺应了现代人出行的需要，更是为全民阅读助力，颇具趁旅行热潮助推全民阅读，借全民阅读提升旅行质量的匠心。

相比较已经形成热潮的旅行，全民阅读似乎还不够热。尽管国家为倡导全民阅读加大力度，各级政府为开展全民阅读提供政策支持，每年“世界读书日”各地开展活动有声有色，“书香中国”活动在全国范围风生水起，家庭阅读、校园阅读、社区阅读、机关阅读渐次开展，有识之士一直在呼吁让阅读成为一种生活方式，然而，平心而论，许多主要是在外力推动下开展起来的阅读，距离“让阅读成为一种生活方式”愿望的实现，还有长路要走。

如何才能让这一愿望成为现实呢？我们以为，让阅读与日常生活相伴或许是努力的主要途径。全民旅行热潮形成，旅行已经成为普通百姓的一种生活方式，提倡在旅途中阅读也就是比较自然的事情。国际上曾有过“中国人不爱读书”的负面评价，评价者所举证的，正是旅行途中许多发达国家人士在读书，而许多中国人并不读书，颇使得极具荣誉感和自尊心的许多国人心中不爽。

其实，要改变这一国际负面印象并不困难，最直接的办法就是让更多国人在旅行途中读起书来。当然，在旅行途中读书并非为了做样子给国际人士观赏，挣回一点面子，而是全民阅读之树必然开出的日常生活之花。“旅伴文库”正是为了催生这美丽的花朵而做出的努力。“旅伴文库”的出版宗旨“人生漫旅，好书伴你”，就是出版人真诚而温馨的承诺。

事实上，开展在旅行途中的阅读，对于提高我国旅游事业的质量也是大有裨益的。对于国人的旅行，一直都有某些负面的评价，认为其盲目、简单、粗糙，缺少文化内涵和审美情趣，还有就是不读书。这些负面评价已经成为国民素质不高的重要证据。知书达理或知书达礼，不爱读书的民族谈何文化内涵和审美情趣！于是，近些年来，就有许多关于改善旅行生活、提高旅行质量的意见提出，其中有一条意见颇具感染力，那就是“带一本书去旅行”。

“带一本书去旅行”，其直接的用意是让人们在旅行途中闲暇时刻不至于无所事事。古人主张“第一等好事还是读书”，那么，人在无所事事时，第一等好事更应当是读书了。人在旅途中，休闲时也要保持着优雅的生活姿态，而阅读正是一个人最优雅的生活姿态。旅行是一个发现美、欣赏美的过程。“带一本书去旅行”，既可以读书明理，也可以直接帮助我们丰富旅行知识，探寻美的存在，增加旅行的深度和厚度。旅行即意味着暂时摆脱日常世俗生活的纷扰，暂时忘却生活中某些庸俗无聊的烦恼，所谓“偷得浮生半日闲”，让身心得到休养，那么，“带一本书去旅行”，可以借一本好书帮助我们超凡脱俗，让一本好书高雅的气质陪伴我们的灵魂，让一次次旅行成为与一本本好书相伴随的精神之旅。

应时而生的“旅伴文库”，其用意就是倡导“带一本书去旅行”，让精品图书成为旅行者的精神伴侣。在全民旅行热潮扑面而来的同时，也要让全民阅读热潮相伴而去，让“读万卷书，行万里路”的理想成为现实。

为了旅途阅读而设计的“旅伴文库”，自然要更多顾及旅行阅读的特点。旅行阅读当然是各有所好，可专门为旅行者出版的图书，则要更多体现旅行者阅读的便捷、休闲、审美、精粹等需求的特点。“旅伴文库”的各个子系列设计得很具匠心。其中，“散文精品城际阅读”系列，一辑只选七位作家，颇有“七剑下天山”的气概；每人每本不过十来万字，极大突出了精选的精神，再配上雅致便携小开本软精装，精编精印，想必能吸引读者眼球而令人求得一睹为快。“漓江的书，买了再说”，是20多年前本人在漓江出版社社长任上为该社拟定的广告语，出版人的自信自许，竟然在这个系列的设计中重新得以体会。

“旅伴文库·散文精品城际阅读”第一辑已经面世。入选的七人七种散文集，有刘亮程的《半路上的库车》、朱秀海的《一个人的车站》、王剑冰的《水墨周庄》、徐则臣的《去额尔古纳的几种方式》、陈彤的《玻璃栈道》、阿德的《北行记》和董谦的《种稻记》等。入选的每一位作家都以实力呈现，努力奉献自己卓具新意的作品集。

在邀约散文名家加盟过程中，编选者主张作品质量优先，新人新作质量必须上乘，而名作家则必须以力作加盟。第一辑的七人七书，完全可以称得上是精选精编而成，阵容齐整，一经面世，便引得许多读者兴趣满满，更使得出版社信心满满。于是，时隔不久，又有了第二辑的编选出版。

该系列第二辑的七人七书，出版社一如既往地精选精编。入选者有彭程、乔叶、陆春祥、顾建平、谷禾、陈世旭和王可越，阵容不凡，与第一辑水准相当。主张“真实是散文最基本的遵循”的彭程，他的《头脑中的旅行》一书收入了《自由在呼唤——从陶渊明到袁中郎》《漂泊的屋顶》《在母语的屋檐下》等9篇颇具思辨深度、文笔精准的佳作。被论者赞誉为“清新、隽永，如同她的人……让爱和温暖静静地流淌”的乔叶，她的《一杯白茶》一书收入了《卖麻辣串的女人》《薄荷一样美好的事》《跳面之跳》等25篇清新隽永的佳作。被论者指为“透着十足的智慧和无限趣味”的陆春祥，他的《霓裳的种子》一书收入了《〈霓裳〉的种子》《杂草的故事》《泥土去哪儿了？》等11篇既慎思明辨又智慧幽默的佳作。我的北大校友顾建平，他认为“散文是一种自由而真诚的文体”，其《冬天我到南方》一书收入了《冬天我到南方》《惠州秀才苏东坡》《几人曾见水流西？》等16篇自由而真诚的佳作。早些年被朋友指为“即便生活在北京，他选择的是生机盎然的通州”的谷禾，既是诗人也是散文家，他的《黑棉花，白棉花》一书收入了《一个人的河流》《等待戈多，等待贝克特》等32篇颇具乡土气息和文化意味的佳作。成名于20世纪80年代的著名作家陈世旭，他那部获得全国优秀短篇小说奖的杰作《小镇上的将军》让我们至今难以忘怀，他一直主张“讲普通人生活的故事”，他的《俗可以，别太俗》一书收入了《不与狗争道》《坏人的面相》《最好的风水》等43篇看似普通却一点也不普通的佳作。大学教授王可越博士，一位设计思维创新的资深导师，散文随笔不过是他思维创新中的灵感闪现，他的《万物与我》一书收入了200多个超短篇作品，内容涉及经验、对话、回忆、观看、幻想、梦境、道听途说，有诗有文，亦可当寓言、小小说来读，尤其适合旅行者在旅途中阅读，多得解颐之娱。

“旅伴文库·散文精品城际阅读”两辑共14种书出版，渐成大的格局和不凡气象，相信这不仅会成为散文界、出版界各位同好的共识，也会成为众多文学读者的真切感受。更重要的是，众多旅行者决心“带一本书去旅行”时，有这些可爱而精致、精美的口袋书可供选择，可以从中找到温情相伴的旅途伴侣，成为一次快乐旅行的美好开始，自然是一件令人愉悦的事情了。

2017年9月第一稿

2020年6月第二稿

聂震宁，第十、十一、十二届全国政协委员，中国作协全国委员会名誉委员，中国韬奋基金会理事长，中国出版协会副理事长，“旅伴文库”总主编。

头脑中的旅行

对一个当代人来讲，旅行是一件平淡无奇的事情，已经成为日常生活的一部分。虽然因为时间、财力、爱好程度、健康状况等条件的差异，不同的人，有走得近或远、次数的多或少的区别。但在古代，甚至只是在一个世纪以前，旅行还远远没有这样地普及和便利。那时候，技术落后，交通不便，旅行经常是和冒险联系在一起的，另外还要有相当的经济实力来作为后盾，因此有条件旅行的只是极少数人。

所以，那时候的一些人尤其是文人，愿望难以满足，只好经常借助于幻想，在头脑中旅行，或者换成一个人们更熟悉的说法：卧游。文人许多是贫穷而兼病弱，但却拥有丰富敏锐的感受力和想象力，现实生活中的阻碍反而进一步激发起他们的热情。一幅图画，一些纪念品，别人的只言片语，书里一段并不起眼的描绘，都能够成为点燃他们的灵感的火种，最终蔓延成一片熊熊烈焰。借助想象力，他们能够生动地描绘出一个地方的景色氛围，读来有身临其境之感，仿佛作者一直就是在那里生活的。

被尊为现代派诗歌鼻祖的法国象征派诗人波德莱尔，就突出地体现了这样一种才华。他的不少篇章，都表达了对于远方的向往。远方，始终是一个充满魅力和诱惑的巨大泉眼，汩汩涌流出诗意和美。他的情妇是一位混血儿，有着一半非洲血统；据说正是她周身所散发出的异域气息令他痴迷，她的一颦一笑，都让他恍惚感受到了遥远的、另外一个大陆的奇异魅力。他有一首散文诗《头发中的半球》，这样描绘自己把脸埋在情人的头发里，长久地嗅着她的发香：

“你的头发蕴藏着一个完整的梦，充满了船帆和桅杆的梦；它也包藏着大海，海上的季风把我带到那些迷人的地方，那里的太阳显得更蓝更深，那里的大气充满果实、树叶和人类肌肤的香味。

“在你的头发的大洋里，我恍惚看到一个海港，那里充满忧郁的歌声，麇集着一切种族的强壮男子，在那飘荡着永远的暑气的广大天空里漂着很多显得结构复杂而精致的各式各样的船舶。

“在你的头发的炽烈的火炉里，我闻到混有鸦片和糖味的烟草气味；在你的头发的黑夜里，我看到辽阔的热带蓝天闪闪发光；在你的头发的长满绒毛的岸边，我沉醉在柏油、麝香和椰子油的混杂的气味之中。”①

---

① ［法］波德莱尔：《恶之花·巴黎的忧郁》，钱春绮译，人民文学出版社，1991，第415页。

……

从这些文字中，你能强烈地感觉到诗人感受力的灵敏和丰盈，视觉、听觉、嗅觉，都全方位地、酣畅地敞开着，借助于一些要素，生动地描绘出遥远地方的风光气氛，生动逼真，栩栩如生。而这一幅幅巨大的、声色流溢的画面，最终是靠着强大的想象力来加以拼接、连缀和黏合的。

终其一生，波德莱尔都被港口、轮船、铁路、火车以及酒店客房所吸引，因为这些都连接着远方，通向另外的生活。那是和巴黎的阁楼、集市、咖啡馆迥然不同的生活，丰富、神秘而幽深，笑容和哭泣，德行和罪孽，都具有一副独特的表情。他经常为到不同地方去的选择而顾虑重重，拿不定主意，因为这些地方都有吸引力，鱼与熊掌，他都想得到。

其实，目的地是哪里，并不十分重要，真正的愿望是离开现在的地方。“对我而言，我总是希望自己在一个我目前所居地以外的地方，因而到另一地方去永远是我满心欢喜的事情。”所以他才这样写道，“任何地方！任何地方！只要它在我现在的世界之外！”他看重的，既是远方的真实的风景环境，同时也是旅行这桩行为所承载的摆脱当前生活的象征意味，他认为这是一种标志，代表了高贵灵魂的求索。这样，对旅行的渴望，实质是对于获得新的生活体验的向往，是对“生活在别处”的一种认同和表达。经由旅行，世界为旅行者打开了一扇扇的窗口。

因为很难真正具备出行的条件，波德莱尔更多的是从想象中获得满足。甚至在某些时候，由于想象力产生的效果是如此地不凡，他都觉得真正的旅行是不必要的了。也是在散文诗集《巴黎的忧郁》中，有一篇《计划》，写的是主人公“他”黄昏散步时的一些遐思。“他”在公园里漫步时，在版画店里欣赏一张描绘热带风景的版画时，看到一家整洁干净的旅馆时，都分别产生过到那里旅行、居住的幻想，并在脑海里描绘出种种舒适惬意的情景。但等他独自回到家中，想法却改变了："今天，在梦想之中，我有了三个住处，在每处，我都觉得同样快乐。既然我的灵魂如此轻松地漫游，我为什么要强迫我的身体换换地方？既然计划本身就有足够的乐趣，何必要把计划付诸实施呢？"①

这个不无怪异的意念，也可以从法国作家于斯曼的小说《逆流》中获得印证。小说主人公名叫德埃桑迪斯，是一个贵族，喜欢读狄更斯的小说，并因此引发了对英国人生活情形的种种想象，热切地希望到伦敦旅行一次，以便体验小说中描写的环境和生活。他准备停当来到巴黎，马上就要踏上去英国的火车了，但却在最后时刻决定放弃。因为离开车还有一些时间，他便买了一本《伦敦旅行指南》，到附近一家英国餐馆就餐。餐馆中，柜台桌椅的样式，菜肴和酒水，都是地道英国式的，有几位健硕

---

① [法]波德莱尔：《恶之花·巴黎的忧郁》，钱春绮译，人民文学出版社，1991，第436页。

的英国女人正在就餐，身材、容貌和气质，都和巴黎女人很不同。此时，他忽然感到疲乏和厌倦起来："既然一个人能坐在椅子上优哉游哉地捧书漫游，又何苦要真的出行？难道他不已置身伦敦了吗？伦敦的气味、天气、市民、食物，甚至伦敦餐馆里的刀叉餐具不都已在自己的周遭吗？"[1]于是他返回了自己在巴黎郊外的别墅，此后再未有过去国外旅行的打算。他满足于待在自己的房间中，身边是各种搜罗来的国外的物品，诸如酒店和博物馆的图片、帆船和海员的模型等，借助它们，他想象自己已经游历了那些国度。这样，他能体验到远行的乐趣，却又免去了旅途中可能出现的任何不适。对自己的这种做法，他解释起来还颇为振振有词："想象力能使我们平凡的现实生活变得远比其本身丰富多彩。"

德埃桑迪斯毕竟要算是一个"另类"。不论如何，

① ［法］于斯曼：《逆流》，余中先译，上海译文出版社，2016。

绝大多数人并非这样想，而是知行合一的，至少是追求这点。如果缺乏机会，或者条件不具备，而未能成行，他们通常感受到的还是遗憾，而且总是在努力寻找补偿的机会。第一位获得诺贝尔文学奖的俄罗斯作家蒲宁（一译为布宁），也是一位善于运用想象力的大师巨匠。在那部为其奠定了不朽声誉的带有自传性质的长篇小说《阿尔谢尼耶夫的一生》中，他回忆了自己在俄罗斯腹地的一个庄园里度过的童年时代。在漫长寒冷的冬夜，《鲁滨孙漂流记》等书里的插图，让他想象遥远的热带。狭窄的独木船、拿着弓箭和长矛的光身子的人、椰子树林、宽阔的树叶及其覆盖下的原始茅屋，都让他感到甜蜜和陶醉，产生了一种身临其境的幻觉："上帝啊，我不但看到，而且以自己的整个身子感觉到了那么多干燥的炎热，那么多阳光！"[①] 以至于多年后，当他有机

---

① ［俄罗斯］伊万·布宁：《阿尔谢尼耶夫的一生》，靳戈译，译林出版社，2004，第 38 页。

会来到那些地方时，心中浮现的第一感觉就是：对，对，所有这一切正如我三十年前首次“看到”的那样！

拥有这样一种强大的想象能力，堪称是生命中获得的宝贵奖赏。它打通了一条连接诗和美的道路。

以上种种，包括德埃桑迪斯那种匪夷所思的做法，都在表明，一个善感的灵魂，可以创造出怎样的奇迹。这是一些具有异禀的人，能够通过一棵树想象一片森林，借助一片贝壳想象一片大海。一些零散寒碜的线头布片，到了他们手中，不料却拼接出一幅色彩斑斓的织锦。读这样的作品，与其说是观赏作者借助于想象而描绘出的风景，不如说是欣赏灵魂的奇观。这样的灵魂正是艺术的摇篮和息壤。

当然，我们都是凡夫俗子，不具备那样卓越的才华。不过，严格推究起来，他们的某些叶公好龙式的做法却无法让人认同。像那位法国贵族的举止，除了懒惰和怪癖，就想不出别的更有说服力的解释了，尽管他自己有一套说辞，但经不起诘问。实际上，小说开头已经交代，主人公是个厌世的、待人刻薄的贵族，那么，他有些什么乖戾的举止也就不奇怪了。即便有超常的想象力，实地踏访难道会有什么坏处吗？不正是可以使其异禀得到确切的验证，并在真实的情境中转化为充分的感受力吗？只要有可能，还是应该身临其境，用感官去触摸。比如热带雨林，那种腐殖层的浓郁气息，蚊蝇叮咬的瘙痒，潮湿闷热带来的窒息感，是坐在屋子里读多少本文学作品也想象不出来的。仿佛绘画，临摹品再惟妙惟肖，和原作毕竟不是一回事。又仿佛一位美人，从画报上甚至从电视荧屏上来欣赏，总是不若面对面。眼波流转，嘘气如兰，这些动人的韵致，必须在场才能够深切地体会。

但话说回来，从他们的这种嗜好中，还是可以解读出一些有益的东西的。虽然经济和技术的发展惠及众生，如今旅行成本大大降低，可以让人更容易地实现梦想，但一个人的时间、精力、财力等，永远是处于一种短缺的状态。相对去过的地方而言，更多的地方是去不成的。但人性又是不知餍足，总是希望多多益善。这样，就不妨退而求其次，借助想象的力量，来作为一种弥补。

在这个意义上，倡导学习那些杰出作家的想象力，努力使自己变得细腻善感，便具有一种必要了。虽然这在相当程度上是一种天赋，但只要产生了这样的意愿并努力加以培育，应该会逐渐有所进步的。看到一泓碧蓝的山涧溪水的图片，应该让他感觉到丝丝的寒凉；一间江南小城临水的茶楼，也许会使他隐约嗅到一缕明前龙井的清香。对于气氛、情调的细腻感知和把握，才堪称旅游的最重要收获。如果不在这方面用心，即便真的成行了，赶集般地穿梭在各个所谓景点之间，忙不迭地拍照，却顾不上仔细体会品味，过后寻检起来，除了那一大堆照片尚可以向没有去过的亲友同事们炫耀一番外，脑海里实在只有一些模糊零碎的印象。这和旅行的真正精神是相隔膜的。

好在，如今技术的快速进步，为这种想象的旅行提供了极好的帮助，令卧游嗜好者们得以大快朵颐。波德莱尔时代的文人们，常常只是依据少量印制粗糙、画面模糊的图片，来想象一个陌生遥远的所在；而今天，数码相机拍摄的图片，清晰，逼真，富有层次感，尤其是借助无远弗届的电脑网络传播出去，从供给的数量上，从获取的速度和便捷程度上，都让人惊叹。众多无名作者的图片发布，让个人的劳动成果变作了公共资源，成为取之不尽用之不竭的欣赏宝库。想到这一点，心里总要泛上一缕感激。朋友不久前去新疆参加全国书市，捎带到北疆一游，回来后描绘喀纳斯湖的美景，说得眉飞色舞，唾沫四溅。多年前我曾有过新疆之旅，也曾拟前往，但因为时间缘故，未能成行，倍感遗憾。这次听他讲述，不禁勾起旧梦，就在“百度”的图片搜索中键入“喀纳斯湖”，立刻就有数十个条目唰唰地铺展开来。随着鼠标的点击，几百幅图片，多角度多侧面地展现了那里迷人的四时风景，山和湖，森林和雾岚，帐篷和木屋，看得眼花缭乱，让我有了一个十分沉醉的夜晚。心寂神凝，目光在图片上游走，似乎嗅到了金黄的白杨树叶苦涩的气味，浓雾自面前拂过时的片刻窒息感，而湖水的寒冽，恍惚中也感到沁入了脚底，一寸寸地扩展开来。

这是一种无限开放的方式。世界的每个角落，都在你的眼前，在一尺开外的电脑屏幕中。鼠标轻轻一点，你可以从挪威的陡峭峡湾，到巴西广阔的亚马孙河河口，从白雪皑皑的北极冰原，到花木葳蕤的热带海岛，从德国小镇整洁的别墅，到印度村庄破旧的茅屋，地球任我来去，都在转瞬之间。瞩目于这些图片，充分调动想象力，把感受的旋钮调到最高挡，庶几可以获得几分真切的、如同身临其境般的体验。余光中写过一篇关于摄影的散文，名字叫作《谁能叫世界停止三秒？》，这些画面，都是在瞬间之中，驻留了永恒之美，让目光从容地长久地停留浸润，面临干涸板结的心田被美的清泉浇灌，重新变得丰腴润泽。

当然，对于我这种自遣方式，这种替代的旅行，你尽可以不以为然，理由涉及真与伪的命题，涉及价值判断的范畴，而且你的理由一定是难以反驳的。但我只需要用一句话，来为自己辩护：人生奄忽，步履真正踏及的地方，能有几处？

自由在呼唤

——从陶渊明到袁中郎

陶渊明是真心喜爱田园。有些人身在山林，心存庙堂，昼谈抱朴，夜梦飞黄，想走曲线达到目标，是南朝孔稚珪在《北山移文》中所讽刺的名士那一类人物。但陶渊明完全是内外如一，“表里俱澄澈”，水晶一样的透明。心之所思，身之所行，高度合拍，毫无违忤之嫌。他来做小官，本来也是心不在焉，是出于“为稻粱谋”的一时之举，根本不曾把它当成生命的依托，当作自我确立自我实现的路径。说到底，这个角色是和他的本性相背离的。

因此，当情势要求他在这勉强而为的勾当之上再做出一些有违天性的事情时，他的忍受力就表现得不是一般差，他的反应的激烈程度也就超乎一般人的意料。

按照通常的眼光看，引起他发作的事情，其实似乎也没有什么。接待来本地视察工作的上一级领导，是多大的事？敷衍一下也就过去了，无非殷勤一些，客套一番，也未必要像当今某些官员在上级面前那样战战兢兢、丑态百出。但在他却是感到自尊心受到侮辱。“我岂能为五斗米折腰向乡里小儿！”这话里有一种自负，一种道德和智力优越者对在自己之下的人的蔑视。换成今天的俚俗一些的说法就是：“我不尿你！”于是“即日解绶去职”，回到农村，回到山川草木之间，隐居耕种。

在一些人看来这是小题大做了，但这是不了解这颗心灵对于自由的酷爱程度。对于“不慕荣利”“质性自然”的陶渊明而言，心灵的自由，就是他的生命。除此之外，再没有什么更值得珍重的东西。或者这样说，正因为对心灵自由的看重和执着，陶渊明才忍受不了在常人眼中根本算不了什么的事情。也不妨说，这件蕞尔小事，实际上是个引信，他蓄满胸襟的自由心性的潮水被引爆，波涛汹涌，一发而不可收拾。

这一点，突出体现在告别官场、返回故乡田园时的心境上。那颗终于摆脱桎梏的心，充满了愉悦舒畅，《归去来兮辞》将此表达得酣畅淋漓，无以复加。“舟遥遥以轻飏，风飘飘而吹衣。问征夫以前路，恨晨光之熹微”，何其欢悦，又何其急切。这可不是装扮出来的，而是真正的内心愉悦的自然流露；再说，在草木遮掩行人稀少的乡间小路上，要做秀给谁看呢？随着脚步迈动，田园愈加广袤开阔，内心的喜悦也在飞快地涨满。联想到混迹官场的往日，置身于那种阿谀奉承、尔虞我诈的生活中，每天都感受着别扭憋屈，便觉得今天的改弦更张实在是太正确了，太及时了，所以忍不住要说：“实迷途其未远，觉今是而昨非。”等到回到熟悉的家园，重新感受了风光、亲情之美，体验了悠然、安逸之趣，他又一次忍不住感慨自己的选择是何等正确，而对那些执迷不悟者生出深深怜悯了：“寓形宇内复几时，曷不委心任去留，胡为乎遑遑欲何之？”生命短暂，你们忙个什么劲头啊，为什么不按照自己的心意去率性地生活？

他从此当上了农夫，完全彻底地劳作歇息于田园之间，直到生命结束。田园生活带给他的是从容适意，无拘无束，陶然悠然。一颗热爱自由的心灵，在大自然的怀抱里，可谓如鸟投林，如鱼得水。在这样的心情的投射之下，眼前原本平淡无奇的乡村景致也都具有了大美。“榆柳荫后檐，桃李罗堂前。暖暖远人村，依依墟里烟。狗吠深巷中，鸡鸣桑树颠。”（《归园田居·其一》）多么普通，但又是多么的韵味无穷。这中间的美，是那些热衷于功名利禄、时刻盯紧红尘扰攘的眼睛难以看得见的，或者说视而不见的。乡亲邻里田边路旁相逢，说的也都是稼穑之事，“相见无杂言，但道桑麻长”，没有那么多额外的想法。每天和这样的人来往过从，人会变得越来越单纯和满足。在田园中讨生活，日日同大自然晤对，既安顿了他的躯体，更慰藉了他的精神，所以归田之后，他才会写出那么多的好诗，因为他看什么都是那样好，或行或止，或作或辍，所见都成了诗。“平畴交远风，良苗亦怀新”，躬耕田间，这是秧苗孕育新芽的可爱。“微雨从东来，好风与之俱”，偷闲读书，这是神骛八荒仰观俯察的快乐。等到“采菊东篱下，悠然见南山”时，个中滋味是那样的丰富浓郁，他都觉得找不到合适的词句来加以描述了——“此中有真意，欲辨已忘言。”

和以前的几次时而出仕时而闲居不同，这回是彻底地和官场做了切割，死心塌地地过隐居耕读的生活。这种生活体验得丰富而深厚之后，他越发感觉到自己曾厕身其间的官场之可悲、可悯与可憎。这种感情在《归去来兮辞》中已经咏诵过了，但仍感意犹未尽，在《归园田居·其一》中，陶渊明又一次发抒内心：“少无适俗韵，性本爱丘山。误落尘网中，一去三十年。”那一幕实在是个误会，是对于生命的本真状态的违逆。好在，那一页已经永久地翻过去了，“久在樊笼里，复得返自然”。

田园间的劳作是艰辛的，挣得温饱并非容易之事。陶渊明也从来不曾有意掩饰这一点。《杂诗·其八》写出了其间的艰辛困苦：“躬耕未曾替，寒馁常糟糠。岂期过满腹？但愿饱粳粮。御冬足大布，粗絺以应阳。正尔不能得，哀哉亦可伤！”亲自耕种从未停歇过，但仍然常常受冻挨饿，以糟糠为食。希望冬天有粗布衣服御寒，夏天有粗麻布遮挡日晒，这些愿望很卑微，但却经常难以满足。有时甚至还不免有“饥来驱我去，不知竟何之”（《乞食》）的极度的困窘。但彻底自主、不受人左右遣使的那份满足，足以抵消和弥补这些缺憾了。

陶诗还有陶文陶赋，都真正做到了“诗言志”，写下来不是为了给别人看，而只是为了抒发自己的内心，表达自己的真实感情。他做人做到了本真，作诗也是本色得无以复加。淳朴，浑然，圆融，仿佛从树林枝梢中发出的天籁，仿佛自田野间稻穗上掠过的微风。

陶渊明寻找到了一种最适合自己的生活方式。这种生活方式所遵循的理念，并非建功立业、光宗耀祖、名垂青史等为主流社会所公认和信奉的价值观，它与外在的事功无关，而更多指向内心。所以，他的愉悦才显得独特，他的选择更标举了一种特别的价值。多少人能够做到这点呢？阅读古代诗文，不少人言谈中也表露了羡慕，向往这种适情任性毫无羁绊的人生境界，但真正付诸实行的，却是少而又少。因为这样做是要付出不菲代价的。从体制中自我放逐，固定的收入没了，虽然以陶的官职而言十分微薄，但毕竟尚可以挣得一份糊口的报酬。如今连这种最基本的生存条件也要靠自己打拼才能挣得到。另外，更重要的一点，这种姿态是与社会公认的评价标准相背离的，倘若一个人的见解和自信没有强大到足以与之抗衡，是极难走出这一步的。

说到这里，不能不提起苏东坡的评价。东坡是陶渊明的真正知音。他骨子里受到老庄思想深深的浸润，向往摆脱一切的桎梏，生活得洒脱适意，毫无拘限。陶诗让他感到深度的亲切和契合，对他充满艰辛困苦的贬谪生涯是一个很大的慰藉。尤其是晚年放逐岭南时，他写下了大量的和陶诗。本来陶诗一直到唐代都不甚流传，影响有限，正是因为他的大力推举，才得到广泛的传播；今日陶的名声，基本上正是奠定于那时。苏轼评介陶渊明，千言万语，有一个词很独特醒豁：豪迈。这曾经使很多人感到不解——说他朴实、平淡、超脱，都可以，豪迈从何说起呢？苏轼到底不同于常人，坎坷的身世，给了他超逸的见解。陶诗那种彻底的率真，完全的洒脱，倘不是有一股十分充沛的元气作为支撑，又如何能够做到？而这种痛快，不瞻前顾后，不是可以用豪迈来描绘和概括吗？真是陶的解人。

以自由为最高追求的灵魂，每个时代都会有，尽管与汲汲于名利者相比，委实显得太稀少了。毕竟，这是一块孕育了老庄思想的深厚土壤，一种高蹈远举的人格，总会在适当的时候通过某个人物获得显现，让人们惊讶和感叹，并意识到这一精神血脉的真实、悠长和生动。

一千年后的明代，袁中郎又让我们看到了这种奔放和无羁。

在富甲天下的苏州吴县当县令，在别人看来是求之不得的肥差，他却感到苦不堪言，因为应酬太多，扰乱了生活和心境。那几年间的信札，不论是给友人，还是给兄弟的，还是给亲戚的，多是叫苦不迭的抱怨。“甥自领吴令来，如披千重铁甲，不知县官之束缚人，何以如此。”“上官如云，过客如雨，簿书如山，钱谷如海，朝夕趋承检点，尚恐不及，苦哉，苦哉！”“弟作令备极丑态，不可名状。大约遇上官则奴，候过客则妓，治钱谷则仓老人，谕百姓则保山婆。”“自入秋来，见乌纱如粪箕，青袍类败网，角带似老囚长枷，进退狼狈，实可哀怜。”他感慨：“人生几日耳，长林丰草，何所不适，而自苦若是？”他对陶渊明的辞官归隐有一种感同身受的深入理解：“每看陶潜，非不欲官者，非不丑贫者；但欲官之心，不胜其好适之心，丑贫之心，不胜其厌劳之心，故竟‘归去来兮’，宁乞食而不悔耳。”

和陶渊明相比，袁中郎似乎是从一开始就厌恶官场，未见他有过什么屈辱的经历，也未见有过从向往到幻灭的过程。摆脱官场束缚、满足向往自由的意愿，这种渴望，始终在他心中激荡。为此他屡次给上级递交申请书，要求辞去官职，返归自由。因为他在知县任上干得不错，人也是清官，得到上司赏识，百姓拥戴，因此被一再挽留。但他去意已定，连续七次上书坚辞，方得获准。终于如愿以偿了，他的欢快之情溢于言表。“败却铁网，打破铜枷，走出刀山剑树，跳入清凉佛土，快活不可言，不可言！投冠数日，愈觉无官之妙。”“乍脱宦网，如游鳞纵壑，倦鸟还山。”他纵情山水，快乐无比，“湖水可以当药，青山可以健脾，逍遥林莽，欹枕岩壑，便不知省却多少参苓丸子矣”。和陶渊明一样，田园，大自然，完全就是自由的代名词。此时他忆起昔日不得自由的仕宦生涯，大有早知今日何必当初的感慨，甚至连入仕前的科举攻读都认为是个误会，予以彻底否定：“不唯悔当初无端出宰，且悔当日好好坐在家中，波波吒吒，觅甚么鸟举人进士也。”

若是比较陶渊明和袁中郎的精神境界、文学成就、历史影响，当然有高下之分，厚薄之别，大小之异。陶渊明浩荡如原野上的风，袁中郎灵秀如山间的小溪。陶渊明质朴本真，袁则多少有几分造作的文人气。陶渊明对大自然是彻底融入，物我一体，浑然无间，袁更多是将自然当作品赏把玩的对象，主体客体之间的分野是明显可感的。陶渊明让人想到真山真水，袁则处处显示出盆景般的精巧细致。归田后，陶渊明完全靠自己的稼穑劳作过活，袁中郎出身官宦世家，祖父官至巡抚，是省部级的高官，这样的家庭条件，即便他辞职后没有收入，也不至于有冻馁之虞。放在历史的大背景下来看两人，陶渊明的身影投射在其后的整部中国文学史的篇页中，其影响至大至宏，袁中郎和以其为领袖的公安派文学，尽管也给有明一代的文坛吹进了一股清新的气息，但就其格局气象而言，却难以在文学史长卷中占据显要的位置。

但两人之间也有一个共同之处，一个最大的公约数，那就是都淡漠于世俗事功，对某类社会公认的价值、对人人孜孜矻矻梦寐以求的东西不以为然，甚至是公开表示蔑视。这在当时，当然是与社会氛围格格不入的，在今天又何尝不是如此？西哲有言“太阳底下无新事”，不仅仅指的是盛衰成坏的轮回不已，离合悲欢的反复搬演，也指价值取向上的守恒不变。无论什么时代，获取成功都是社会大众普遍认同的主流价值，不管这种成功体现在官位上、商业上还是其他方面。

对陶、袁辞官不做的举动，古今以来一直有人不以为然，说他们这是只顾个人适意，漠视和放弃对社会应该承担的责任义务云云。这个说法乍看仿佛有理，实则似是而非。且不说陶渊明是有抱负的，“少时壮且厉，抚剑独行游”（《拟古·其八》），“猛志逸四海，骞翮思远翥”（《杂诗·其五》），有干一份大事业的雄心壮志，只是当时社会的黑暗，特别是严格讲究出身和等级的门阀制度，让并非出身于豪门世族家庭的他无法施展自己的抱负。这种情况下，回归田园，过一种让自己感到自由适意的生活，至少是守护了生命的完整，为生命做主。生命何其短暂，直如电光石火，白驹过隙，早在陶渊明之前的《古诗十九首》的时代，诗人们就发出过那么多的感慨——“浩浩阴阳移，年命如朝露”“人生忽如寄，寿无金石固”……与其等待渺茫的希望，俟河之清，不如重新选择一条可能的路途。后退一步，眼前反而展开了一个更开阔的空间。

而且，人们通常所说的建功立业，基本上指的也是那种外在的事功，它们并不应该被当作衡量一个人的价值的唯一标准。一个社会，需要有人施以良治，有人致君尧舜，有人开疆守土，所以，那些英明君王，那些辅弼良臣，那些威猛将军，理应获得尊崇和颂扬。但同时，一个民族的精神世界，也需要有人来呵护和养育。从民族灵魂的生成的角度来看，这也是一项丰功伟业，关涉千秋万代，其重要性丝毫不弱于前者。

陶渊明和袁中郎，做的便是这样的事情。

他们让人的灵魂和山川草木的精神相交流，让心跳的声音应和着大自然的脉搏，与宇宙万物达成一种和谐，也因此使得人更能够贴近自己的原初本性。他们最突出的贡献，是给中国人的心灵世界增添了许多新的意味，是让心灵收放自如、不为外在的东西所羁绊，是对于大自然的美的沉浸和迷醉。他们的思想和文章，为中国文学乃至中国文化添加了一种独特的品质，一种奇异的声音、色彩和姿态。中国文学缺少了他们，肯定是不完整的，缺少均衡的。不像其他事功表现得那么明显，他们的影响是长远的，作用是渐渐显现的，可以历经多少个世代，在潜移默化中，滋润和养护千万颗心灵，进而塑造一个民族的精神世界。——如果从这个方面着眼，就能够更深入地认识到他们的价值。

但写到这里，忽然又有一些踌躇。

这样谈论和评价他们，其实仍然是从事功的角度着眼，仍然不脱人要有所成就的逻辑思路。也许这样想会更恰当：他们在后世所造成的不亚于任何伟业的巨大影响，并非他们的初衷，而是自然产生的。对他们而言，这样做只是因为适意，就像是花朵要开放一样自然。他们听从内心的呼唤，过一种顺乎本性的生活，使得自己的生命摆脱束缚获得解放。虽然清贫甚至经常遭遇困窘，但比起那些位高权重、过着富足甚至豪奢的生活，却每天如履薄冰、精神高度紧张的人，或者以屈辱自己的人格换来某种利益的人，他们自有一种难以言传的幸福感。做任何事情都要付出代价，关键是他认为是否值得，而这又取决于他对生命意义、生命价值如何理解。陶、袁选择了亲近自然。他们使自己的心灵获得解放的同时，更是把一种人生美学播撒到了众多灵魂中。这个过程，也并非他们主动和有意的，而是因为它们实在是太精妙太美好，无法不传播开来。桃李不言，下自成蹊。

因为这点，他们的人格和作品才会有这样永恒的魅力，经历上千年而流布不息，为一代代人们传诵不已。出于同样的理由，对他们的敬仰和赞美，也将一直地持续下去，天长地久。

漂泊的屋顶

每个人都会有同生活贴近的特别的道路，借此他得以进入它的广阔和幽深。我们无时不在生活，但多数情形下，这种所谓的生活让人想到那种雾蒙蒙的天气，肉体和灵魂都感到疲倦、滞重、缺少清爽，某种暧昧乏味的东西像灰尘一样在心里累积起来，不知不觉间遮蔽了感知和梦想，隔断了诗与思。然而也总有一些时刻，他会获得拯救。一些事物进入他的感受，内心深处某种鲜活、轻盈、强健的东西于瞬间复苏，于是他眼中的一切仿佛被擦亮，露出纯金般的光泽，并映照出自己的深邃和无限。这是神的安排，为了人的健全和完整，尽管人对此可能懵懂不觉。

它们是什么？它们来自何处？

它们更多的应该是个人化的，而且往往是神秘的。经由它们，他发现并显露了自己，也同他人区别开来。不知道对于别人它是什么，对于我，它经常是一种声音。

已经记不清有多少个深夜，当手里的工作告一段落，平静挟带着一丝落寞和茫然降临时，我会听到一种声音，在昏暗的墙壁和柔和的灯光间若有若无地飘动。我侧耳谛听，却发觉它原来就在胸间，越来越清晰，渐渐能听出那是车轮撞击铁轨的哐当声，中间是一阵长鸣的汽笛：呜——

于是，那晚的梦境里，常常会有一列火车擦身而过。

那列长长的火车后面是一个更长的梦境。梦境遥远的那一头连着二十几年前，冀东南平原上的一间乡村土炕头。

一个孩子，当他的感觉正发育得十分敏锐时，如果每天是在野草和树丛、苇荡和坑塘间度过的，那么即使日子贫困，也总会有许多幸福的时刻。那些树木、庄稼、飞的跑的动物带来的欢乐，不是今天城市里的孩子能领会的。但当夜晚、阴雨天，或者大人不允许出去的日子，一颗童心也会无聊烦闷，这时候，要是有一个老奶奶讲故事，或者一张彩色画片可看，那就完全不一样了。我比别的乡村孩子幸运，有一个当小学教师的妈妈，在县城工作的爸爸，印象中他好多天才回一趟家，每次都给我带回一两本新的小人书。

这些连环画册成了点燃最初的想象力的火花。那些画面让我知道还有和村子里的日子不同的、别的样子的生活，它们在遥远神秘的地方，不可企及而充满吸引力。那些书早已记不清了，但有一本当时我最喜爱的书，至今还约略有印象，写的是一个名叫阿福的越南小英雄如何机智勇敢炸毁美国鬼子兵营的故事。最吸引我的还不是故事情节，而是画面上的椰子树、仙人掌、大海和沙滩，它们给我一种隐约的激动，一种莫名的向往。我朦朦胧胧地知道，它们是在一个叫作“南方”的地方……

可是，这些同火车又有什么关系呢？

我在一个阴天发现了它们之间的联系。那天我和邻居家的孩子正在村边的一片洼地里玩，阴天里声音传得更远，更清晰，我听到很长一声低沉的、颤动的声音，像老牛吼，但要有力得多。我好奇地问小伙伴这是什么，他很不屑的样子，说连火车叫都不知道？他告诉我，东边十多里外有铁路，一直通向南方。于是，仿佛是在一瞬间，那个从画册上看到过的遥远的世界，在我心里立刻变得可以触及了。我激动不已，像获得一个重大发现：原来在自己身边，也有一样东西，能够和那陌生遥远地方的奇妙的生活联系在一起，它就是火车。到这时，我还没有见过火车，只从大人的话中听到过几次，像听到其他我不理解的词一样毫无反应；但那个阴天，在那声汽笛声中，这个词第一次具有了意义，我发觉我对这个不知模样的东西竟产生了强烈的向往。

那以后，我便经常能听到火车汽笛声。夜深人静时，听得尤其清楚。有好几次，我强撑着不睡，只为了等待那个沉闷的声音。出于儿童不好解释的心理，我固执地不肯说明缘由，惹得奶奶直唠叨“这孩子魔障了”。终于有一天，在我软磨硬泡下，父母答应我跟着一个亲戚去火车站，这在他们看来显然是奇怪的念头。那次看见的是一列货车，当那个长长的黑色的庞然大物呼啸着疾驶而过时，坐在自行车后座上的我是怎样被那巨大的声音惊得目瞪口呆，又是怎样兴奋得忘乎所以啊！……

在我身上，这种情绪在那一年里一定持续了好长时间。常常怀着一种奇特的、类似柔情的心情，想起那个越南小英雄，盼望有一天去见他，而每当这时，眼前总会浮现出铁路和火车的影子。那时还不知道，那条铁路是津浦铁路，我只是一厢情愿地做梦罢了。夜里睡觉，也确实梦见小阿福，而且不止一次。一个异常清晰的印象，是我常常梦见炎热和阳光。这点所以被牢牢记得，是因为那正是个很冷的冬天，我醒来时仍常常觉得被窝冰凉。这些知识从哪里来的？并不曾有人教给我。那么仅仅是想象？为什么又会那样逼真？那个弹片横飞的地方，却奇怪地成了我想象中的乐园。多少年后，当我第一次站在南国土地上，在炽热的阳光下眯起眼睛端详阔大的芭蕉叶时，首先袭来的竟是一种重返童年的感觉。我隐约听到了一声汽笛。

又过了几年，差不多快读完小学了，我才有机会第一次坐火车。

记得是麦收放农忙假的时候，我跟着在乡镇中学当教师的小姨去衡水二舅家。那是我第一次出远门。我们先乘汽车到几十里外一个叫作龙华的小镇，再从那里坐石德线上的火车。破旧的客车在乡间简陋失修的公路上颠簸着，天气又热，很不舒服，但我却始终处于一种十分兴奋的状态中，觉得美妙无比。想想吧，过一会儿不但能看到火车，还能坐上它，而且是到一个那么远的地方去！车站到了，候车室刷成墨绿色的墙壁，售票处圆形的小窗口，背靠背摆放的、好多栅条已经折断的破旧长椅，都让我感到新奇、喜爱。我还没有看够呢，姨拉起我的手，从入站口来到月台上，不一会儿，一列也是墨绿色的客车从远处驶过来，当它停下时，车身下喷出浓雾般的白色蒸汽……

那是一辆逢站必停的区间车，开得很慢，总共一百多里路程，仿佛走了很长时间。这正合我意，我直担心太快到达呢。车厢内长得好像望不到头的一排排座位，晃荡的感觉，那种独特的气味，陌生的人们，车窗外闪过的景物，所有一切都使我着迷。可惜，有一件事分散了我的注意力：挨着小姨坐的一个男人头倚着靠背睡着了，每当车厢晃动得厉害时，他的头都要朝这边歪过来，我直担心他会砸着姨，但好在每次都没事。

火车终于进入城区了，那是地区行政中心，当时还未设市，但却是我眼中的大城市了。它的楼房，工厂屋顶上冒出的浓烟，空气中某种呛人的气味，铁路两旁一片片污黑的积水，都让我感到新鲜。与我的小县城相比，这些东西里面有一种杂乱的、难以捉摸的东西，紧紧抓住了我。车停住了。我跟着小姨，随着拥挤的人流出站。在站前广场上等人来接时，旁边站着两个女孩，比我大不了几岁，都很好看，但都黑黝黝的，好奇地看着我，又嘻嘻地笑，搞得我很紧张。但同时，我体验到一种莫名的、前所未有的崭新的情感，有些甜蜜又有些痛苦，强烈地闪烁了一下。在多年后的青春岁月里，多次侵扰我的那些情绪，都有这样的一个开头。

在纸上，时间可以被轻易地调遣。又过了几年，去北京读大学，四个寒暑假期，是一道铁轨连接了故乡和校园。今天，那些失散的日子已深埋在记忆底层，只有偶尔才浮现几处断片。有关火车的回忆，便是一束温暖的光波。寻检过去的时光，每每最先看到它的闪亮。

最清晰的记忆是一年级暑假返家那次。

那次期末考试得了较好的分数，心情愉快。没有直接回家，先到天津中转一下，在南开大学一个老乡陪同下，逛了街，玩了水上公园，住了一晚，第二天坐上天津到德州的一列慢车，家乡就在靠近终点的一个小城。车开时已经将近中午了。

七月的炎热烧炙着车厢。阳光透过大开的车窗，投射在座位和过道上，明晃晃刺眼。光线中有无数尘埃漂浮、旋转，时时被脚步搅乱成另一种形状。到处充满了简陋的短途车厢特有的气味。把头伸出车窗，热风扑面而来，挟带着焦干的尘土呛人的气息，耳朵里即刻灌满呼呼的风声。与铁路平行的公路上，汽车看上去开得很慢，玻璃时或发出几下闪光；远处，深绿色的田野却让人觉得萎靡不振。车逢站必停，上下车的多是沿线的乡下人，穿着破旧，说着家乡话，串亲或者做些小买卖。其中一个来旁边找座位的人很小心地递给我一支烟……车厢的女乘务员三十五岁上下，个头高高的，表情生动，两只显得过大的眼睛总给人一种喜欢大惊小怪的感觉。她一刻不闲，时而和同伴高声谈论什么，时而脚步急急地走来走去。有一次她向我借笔用，我说没有。她眉毛一挑，很夸张地指着我的校徽，对同伴说："大学生还没有笔……"然后是一串响亮的笑声……

这些都充满着难言的魅力，使我迷醉。我意识到自己的感觉出奇地敏锐、清晰，几乎是怀着一种贪婪的热情，看着，听着，嗅着，想把一切印象都吸收进来，储存在心中。四五个小时的旅程，一直沉浸在难言的快乐中，但其中几乎没有即将回到家的成分。相反，倒是想到这点反而有些不安，只盼望这个过程无限拖延下去。

这一切，其实更多是后来才感受到的。它们在记忆里沉淀，发酵，很长时间以后才散发出它的醉人的香味。多年后我常常没有来由地忆起这次旅行，那种心情我以后再没有过。甚至不只限于旅行，在一直到今天的全部生活中，即使最快乐惬意的时刻，都不能比拟它的纯粹、圆满、深沉和无穷无尽感。如果勉为其难让我命名，迟疑到最后，我拈出的会是“幸福”二字。

为什么是这样？它有着什么意义？这种强烈的幸福感受，同青春的欢乐明媚心境，对于自己的信心和对生活的憧憬是怎样的关系？也许这一切同火车并无关系，只是由于它恰好负载了幸福，本身便也成为幸福的一部分了。这是一种存在于事物之间的神秘联系。

江河，池塘，田野，农舍，森林，丘陵……在疾驶的车窗外它们飞快闪过或缓缓旋转，仿佛记忆中的某些不同的日子。你会在某个时辰惊讶于它们让你联想起生命流逝的形式，但你却说不清楚。

高峰体验无法重复，以后的多次旅行，再不曾达到那样的沉醉，但仍有许多可圈可点的瞬间。一次是大学三年级暑假前夕，全班去湖南做方言实习，一昼夜的颠簸后，当在晨光熹微中南方第一次闯进眼帘，看到飘散着淡灰色雾气的稻田，水塘和水牛，满山鲜嫩的绿，吸着明显变得湿润的空气，那因睡眠不足的疲惫，一瞬间立即踪影全无。另一次在贵昆铁路，辗转卧铺上，快天明时才勉强入睡，梦境中遣散不去的是刚刚辞别的山城——贵阳的阴雨和晦暗，和夜行车在荒蛮的贵州高原上被一轮月亮照耀的悲凉。被旅伴推醒时，看到他脸上挂满兴奋。诧异中朝窗外一瞥，即刻愣怔全无：原来已到中午，车已进入昆明郊区。天蓝得不真实，大朵大朵的云彩白得耀眼，沉静地悬挂着，低得仿佛伸手可触。大气中充满一种响亮、欢快、生气勃勃的东西，一下子把心底照得透明。也好像在突兀中，过去从哪儿看到过的、对这块土地的诗意的称呼——“云之南”这几个字眼跳上脑海，美丽得揪心……

与这些闪耀的时刻相比，其他大量的时光该是渗透和浸泡了。目光随着列车的行驶浏览大地，进入它的无限。从整体到每个细节，从声音到色彩，大地全面敞开。你感到阳光的照耀、风的吹拂，看到万物生长的姿态。你的目光抚摸它们时，心也被它们抚摸。这时你能切肤般地体验到做一个漫游者的幸福。许多年后，我读到海子的一首写给叶赛宁的诗《浪子旅程》，开头几句是这样的：

我是浪子

我戴着水浪的帽子

我戴着漂泊的屋顶

…………

漂泊的屋顶，多么好！我感到被词语的闪光照亮了。移动的车厢，正是每个旅人的屋顶，而自行进中的列车窗口外望，在缓缓转动的大地之上，天空是一个更大的屋顶。诞生，劳作，歌唱，恋爱，受苦，死亡，生活和生命的一切，都在它的下面展开。在这第一个屋顶下面，我们更能够具备一副开阔的、穿透的目光，更容易感觉到和读出那些无穷和深邃，那些大地上的秘密。

期待着一次跨越中国北部的旅行，到新疆，或者内蒙古。应该在冬天，至少深秋。在这两个季节，才能最好地体会这一片大地的精神。凛冽的空气，最能匹配那坚硬的土地，它的沉郁、静穆和悲哀。

我觉得，我的心境越来越走近它。

青春岁月，每次旅行，心中都揣着一个隐秘的念头，希望能邂逅一位美丽的少女。那时，对她们的爱，差不多是诗情的唯一源泉。飘扬的秀发，目光的顾盼，姣好的容貌，织成了一道迷人的风景，其中藏着生活的全部幸福和痛苦。

我多少次从远处羞涩地凝视过她们，那些同一车厢的陌生的姑娘。她们出现在眼前，没有背景，足以让我想象得完美无缺。她们端庄矜持，在我看来，每个人都是一个不可轻侮的公主。那时我还不能够想象，一个美丽的姑娘怎么能不同时是一个天使。当因疲惫困倦而稍稍忽略了留意举止时，她们神态中那人间的朴素真实，又让我感到姐妹般的亲切。每当一个这样的姑娘结束她的旅行从视线中消失，我都会有一丝惘然。仿佛火车驶过不留痕迹，我的默默的爱情曾经怎样地飘散？

许多爱情源于旅行，或者把伏笔埋在火车上。罗曼·罗兰的《约翰·克利斯朵夫》曾经是我们那一辈人的精神圣经。在那部宏大嘹亮的交响乐中，最令我怦然心动的却是一个柔美的乐句。克利斯朵夫搭乘晚班火车回家，车停在一个中间站上，旁边刚好停下一列从相反方向开来的车。短暂的时间里，他望见一个曾陪他看过歌剧的、不知姓名的羞怯的法国少女，她也看见了他。彼此的车厢里都没有人，他们把脸贴在车窗上，透过周围沉沉的黑夜，静静地对望着。她原本极度胆怯，这时却大胆地直视着他。他正要招呼她，车开了，她慢慢地远去了，消失在夜色里。他感到自己心里给那道陌生的目光挖了一个窟窿。他不明白为什么，可是明明有个窟窿。几年后，在巴黎，在人生的战场上，他结识了挚友奥里维，才知道那个女子正是他的姐姐安多纳德，他的守护神，而此刻她已经因为过多的操劳损害了健康，死去了。从她秘不示人的日记，和死前打着寒战写下的无法投寄的信中，他们知道了她对克利斯朵夫的隐秘而热烈的爱情……我曾经梦想过这样的爱情。

今天，我依然时常将目光投向她们，那些当年的少女，今天的少妇，但已不复往日的情怀。岁月在冲刷掉什么的同时也添加了什么，并不是只有听滥了的韶华将逝的感慨。如果说，昔日的清丽因缺少映衬显得单薄些，今日，岁月已把经历和磨蚀、智性和情韵调作底色。这使她们更多地具有可亲的、母性的、丰厚的气息。女性的美这时才真正到达一个顶点。即使在最幸福自得的脸庞上，我也一再发现神态里隐隐的疲倦、无奈和隐忍，尽管她可能浑然不觉。这是造物的神秘安排。它无处不在，但在疾驰的火车上，因了一种神秘的关联，却使人更容易发现这点……带了一丝怜惜的微痛，我对她们的爱情不减丝毫。

人们到处在生活……

没有哪儿比在火车上更能使人感受这句平淡的话里的神秘的蕴含了。它让人想到一种弥漫无边而又深不可测的东西。旅行中常常会遭遇某些新奇的、逸出常规的事情，让人兴奋或骇然。但我想说的不是这些。一列满载旅客的火车，本身便已经是意味无穷了。

从进入车厢起，熟悉的生活便暂告隐遁了。每个因为偶然坐在面前的人，都能够让你驰骋一次想象力。他或她是什么人？自哪里来去往何处？这些不可知和不确定中自有一股含混的魅力，一丝隐约的撩拨，让人欲罢不能。每个人都有一个目的地。有人是同家人团圆，有人却是去奔丧，做生与死的最后告别。也许是奔赴又一个梦想，也许某个策划已久的阴谋正付诸实施。这个空间比任何别的场所都更能容纳生活的神秘和暧昧。

相比之下，有些要明朗清浅些，不易遮掩。有秘书为之奔走前后的人，即使偶尔走下软卧到站台上散散步，也总是那样矜持庄肃；那位躺了几十小时不食不语的年轻女人，不免使人猜想她可能正陷溺于一场情感的泥淖。那些经商暴发的人仿佛是一个模子铸成的，穿着、言谈、炫耀财富的方式，总是那么单调贫乏；那些初次外出打工的农家姑娘，怯怯地挤在一起，目光里交替着憧憬和茫然，等待着每人的会是一份怎样的命运？……在列车上，你才强烈真切地意识到置身生活中间，它的声音、色彩和气味鲜明可感。谁有一颗民间的心，谁怀抱体验的热望，必定会对这种情形感到亲切。也有过多次飞机旅行的经历，但我少有这样的感受。那毕竟只是少数人的事情，是相对易于概括的生活形态。而火车则让你想到人群和大地，想到生活本身，它的丰富与纷乱，它的朝着无穷的敞开。

帕斯捷尔纳克的《日瓦戈医生》中，有一段很长的篇幅写到火车。为躲避饥馑和混乱，医生全家离开莫斯科，前往遥远的西伯利亚。旅程漫长而多难。铁路、田野、森林和村舍无边无际，肆虐的暴风雪时常埋没铁轨。牲畜栏一样的货车车厢内肮脏、拥挤、嘈杂，挤满各种身份的人：经纪人，商贩，修道士，红军战士，苦役犯，精神病人，等等。旅途屡遭变故，匪帮拦阻，铲雪清路，检查行李证件，使列车频繁地停在旷野。恐惧和忧虑压得每个人透不过气来，命运如同迷漫的风雪一样无从知晓……但即使这样，也还有稠李花的淡淡的气息，有不可思议的爱情。生活展开它的两极，苦难和期望，罪孽和美好，悲哀和欢乐，都是那样使人战栗。

直到今天，我最乐意做的事情之一，便是送人或接站。当看到来自远方的火车缓缓靠近站台，车窗玻璃印满无数张望的脸，或者目送开出的列车消失在天际，一缕烟雾渐渐飘散，我仍然会激动不已。什么在结束，又有什么即将开始。但不论开始还是结束，都会让人想到某种永无停息的运动，它属于一个更为巨大的实体。开进开出的火车强烈地传递出生活的气息，就像海风的咸味使人想到大海。

要是不记叙一番夜行车的体验，这篇文章肯定不完整。

列车行驶在沉沉夜色中，窗外黑黝黝的，深不可测。空间感消失了，只能从灯火的密集或稀疏分辨城镇和乡村，从身下的平稳或颠簸分辨平原和山地，从声音的空洞或沉闷分辨桥梁和隧道。此外便是沉重单调的黑暗，仿佛永远也走不出。失去明朗确定的形体，思绪便也变得飘忽、随意，一些念头升起，追赶着前面的影子，但很快自己又被新涌来的挤压、驱逐。你有意去思念一个人，去追怀一件事，最后你发现，你捉到的只是碎片，仿佛影子的影子，皂泡上的一点霓彩。它甚至不如梦中来得真实和清晰。这又是因为什么？

有过好几次午夜梦回，在顶层卧铺上。眼睛睁开的当儿，意识尚未从懵懂里醒转，漆黑一团，不知身在何处，从哪里来，到哪里去，充塞脑海的只有身下车轮的咔嚓声。在最初瞬间的情感空白后，心被一种遭遗弃的、无依无助的、孤独和悲哀的感觉强烈地攫住，如醉如痴。终于，意识一点点恢复，听到邻铺的鼾声，母亲哄孩子的声音，有人轻轻走过的脚步声。于是心里便不由得感到一丝暖意，一丝熨帖，对这些萍水相逢的人油然生出同类间的、相依为命的感情。伴随它的来临，黑夜也变成庇护了，一种温暖而湿润的、母性的遮盖。

这时，往往能听到汽笛被拉响了。

它被拉响的瞬间，总是显得很匆促，突兀，尖锐而嘶哑，仿佛一把钝锥子在捅人的耳膜。但很快，声音变得散漫，向着四面八方逃逸，听上去迟疑、游移而无力，终于消失在夜色和大气之中。一切复归于沉寂。短暂停顿后，第二声又响起，重复如初。听着，听着，你会感到情感、想象还有思索，你意识中残存的所有东西，也都被这声音带走了，消融于无际夜色中，像一缕晨雾被风扯散，一段往事被时光湮没。渐渐地，心里充满了茫然的、深沉的平静，仿佛在母亲的怀抱里沉沉睡去。

在母语的屋檐下

一

少年时代的伙伴自大洋彼岸归来探亲，多年未见了，把盏做竟夜长谈。他 20 世纪 80 年代中期自复旦本科毕业后即赴美，近三十年过去，英语的流利程度不在母语之下。我们聊到故乡种种情形，特别谈到了家乡方言，并长时间固定在此一话题上。兴之所至，后来两人干脆用家乡话谈起来。毕竟如今说方言的时候不多，聊天中对个别语词一时感到生疏迟疑时，我就改用普通话，而对方更是习惯性地时常冒出一两句英语。

当时倘若有外人在场，一定会觉得这个情景颇为怪异。

故乡在冀东南平原，方言中有很多生动传神的地方。譬如表示时间的词汇，中午叫作“晌午”，上午便是“头晌”，下午就成了“过晌”，傍晚则叫作“擦黑”。表示动作的，滑行叫“出溜”，整理叫“拾掇”，“我去某某家扒个头”，说的是不会待上很久，很快就离开，仿佛只是到人家门口探一下头。对某件事情感到不舒服是“腻味”“硌硬”，说一个人莽撞是“毛躁”，不爽快是“磨叽”，不靠谱是“不着调”，讲话夸大其词或不得要领是“瞎扯扯”“胡咧咧”，办事没头绪是“着三不着两”。还有一些读音，难以找到对应的字词，暂且不谈。

本来以为这么多年不使用，很多方言都已忘记，不料却在此时鲜明地复活了。恍惚中，甚至忆起了听到这些话时的具体情境，眼前浮现出了说话人的模样。这个词，最早是听已经故去几十年的奶奶说的；那句话，出自耄耋之年的姑姑之口；那个说法，来自村子里一个倔强的孤身老头。

友人感慨：真过瘾，今天晚上说的家乡话比过去多少年中加在一起都多。

因为这个话题，很自然地联想到了很久之前的一个场合。一个短期的培训班上，来自不同省份的学员，在一次联欢活动中，分别用各自家乡的方言，描述某个动作、情感、状态。吴越方言的温软柔媚，东北方言的幽默亲和，陕西方言的古雅朴拙，湖北方言的硬朗霸气，巴蜀方言的豁达谐谑……观众兼表演者们乐得前仰后合，笑声一波波响起。

这真是一次难得的体验。语言通常是作为思维的工具，描绘具体的对象、客体，比如人物、事件、风景，也表达对于世界、对于生活的观念和看法，而本身却很少作为被打量被分析的目标。但一旦语言成为目标时，你就会发现，原来它就蕴藏了那样丰富的美，那样奇异的魅力。

就仿佛人的一双眼睛，通常是用来发现外界万物之美的。但当它本身成为艺术描绘的对象时，也成就了众多名作。达·芬奇的《蒙娜丽莎》，罗中立的《父亲》，其非凡的魅力，深刻的内涵，离不开对眼睛的出色描绘。前者，神秘的笑容里，似乎有几分隐约的揶揄，几分暧昧的期许，指向的是怎样的人生谜语；后者，被岁月风霜严酷地雕刻过的脸膛上，凄楚和迷茫的眼神后面，又藏着什么样的卑微的恳求？

光线照射之处，事物明亮而生动。

语言，就是那一道道投射向生活的光束，有着繁复摇曳的色谱和波长。

二

对语言的命名，也如同语言本身一般丰富多彩。

法国哲学家萨特，曾将语言比作“触角”和“眼镜”。凭借着它，我们触摸事物，观察生活，和存在建立起真切而坚实的关系。世界在语言中显现，就仿佛白日在晨曦中降临，就仿佛风暴在云朵中积聚，就仿佛一滴墨汁在宣纸上慢慢地洇开，化为了一只蝌蚪，一片花瓣，一粒石子。

语言当然首先是为了表达和交流，但在这种工具性质的功能之上，更是别有一种自足的、丰富的、博大而精微的美。

深入感受并准确地欣赏这种美，是需要条件的。在一种语言中浸润得深入长久，才有资格进入它的内部，感知它的种种微妙和玄奥，那些羽毛上的光色一样的波动，青瓷上的釉彩一般的韵味。

而几乎只有母语，我们从牙牙学语时就亲吻的语言，才应允我们做到这一点。

关于母语，英文里的一个说法，最有情感温度，也最能准确地贴近本质：mother tongue。直译就是

“妈妈的舌头”。从妈妈舌头上发出的声音，是生命降临时听到的最初的声音，浸润着爱的声音。多么深邃动人的诗意！在母语的呼唤、吟唱和诵读中，我们张开眼睛，看到万物，理解生活，认识生命。

诗作为浓缩提炼过的语言，是语言的极致。它可以作为标尺，衡量一个人对一种语言熟悉和理解的程度。“眼看他起高楼，眼看他宴宾客，眼看他楼塌了”，说的是世事沧桑，人生无常。“而今识尽愁滋味，欲说还休。欲说还休，却道天凉好个秋”，说的是心绪流转，昨日迢遥。没有历史文化为之打底，没有人生经历作为铺垫，就难以深入地感受和理解其间的沉痛和哀伤，无奈和迷茫。它们宜于意会，难以言传。

对于母语的异乡人，他时常会在哪里遇到一道屏障。认识一个法国人，汉语说得流利，一直自我感觉良好，但有一次却意识到了自己的匮乏。那是听一场相声，逗哏的一方调侃捧哏者，说他的妻子的名字叫作“潘金莲”。他无法明白，一个名字为什么引来了一片笑声。他倒是听说过中国古代有一部文学名作《金瓶梅》，但没有读过。

流传的手机短信段子，所谓外国人的汉语六级考试题，让人忍俊不禁：成为大龄未婚女的原因，“开始喜欢一个人，后来喜欢一个人”。前后有什么区别？不管这是不是杜撰，确实，前后完全相同的字句中，意思却大不相同。而发现这种歧异，从句读、节奏中获得细致入微的理解，需要的是文化的潜移默化的熏陶。

这些精微细腻的地方，无法准确地转换到另一种语言中，所以作家张承志很多年前就宣称“美文不可译”。

显然，这一类的隔膜已经不仅仅限于语言本身了，而是属于文化的间隔和分野。

每一种语言都连接着一种文化，通向一种共同的记忆。文化有着自己的基因，被封存在作为载体和符号的特有的语言中。仿佛一千零一夜的故事中，阿里巴巴的山洞里，藏着稀世的珍宝。

三

“芝麻开门吧！”咒语念起，山洞石门訇然敞开，堆积的珠宝浮光跃金。

但洞察和把握一种语言的奥秘，不需要咒语。时间是最重要的条件。在一种语言中沉浸得足够久了，自然就会了解其精妙。有如窖藏老酒，被时光层层堆叠，然后醇香。瓜熟蒂落，风生水起，到了一定的时候，语言中的神秘和魅惑，次第显影。音调的升降平仄中，笔画的横竖撇捺里，有花朵摇曳的姿态，水波被风吹拂出的纹路，阳光下明媚的笑容，暗夜里隐忍的啜泣。

对绝大多数人来说，这只能是母语。只有母语，才有这样的魅力和魄力，承担和覆盖。孩童时的咿呀声里有它，临终前的喃喃声中也有它。日升月落，春秋代序；昼夜不舍的流水，亘古沉默的荒野；鹰隼呼啸着射向天空，羊群蠕动成地上的云团；一颗从眼角滑落的泪珠有怎样的哀怨，一声自喉咙迸发的呐喊有怎样的愤懑。一切，都被母语捕捉和缩结，表达和诉说。

当然，在这种几乎是天赋的能力之上，要更好地理解语言的妙处，更要有一颗热爱的心。要像屠格涅夫对待母语俄语那样的深情款款——“在疑惑不安的日子里，在痛苦地思念着我的祖国的命运的日子里，——给我鼓舞和支持的，只有你啊，伟大的，有力的，真实的，自由的俄罗斯语言！”[①] 每种语言都有自己的美。它的质朴或深奥、明亮或幽暗、灵动或凝重，折射着这种语言所负载的文化的特质。在语言中安身立命的作家，无疑对这种美有着最敏

---

① [俄]屠格涅夫：《屠格涅夫散文诗集——爱之路》，黄伟经译，湖南人民出版社，1988，第 113 页。

锐的感知。

有了这样的情感，一定会被显克维支的《灯塔看守人》深深打动。一位年逾七旬的波兰老人，流浪异乡四十多年后，在南美巴拿马的一个孤岛上，找到一份看守灯塔的工作，生活得以安顿，余生有望平稳。但有一天，他收到了在纽约的波兰侨会寄来的一册波兰大诗人密茨凯维奇的诗篇。相违已久的祖国的语言令他激动和沉醉，乡愁如同海面上的波涛汹涌来袭。那一夜，他竟然第一次忘记了按时点亮灯塔，碰巧有一艘船不幸失事，他因而被解职。他重新漂泊，随身携带的只有那本诗集。他并没有过分沮丧，因为有了这册诗集。诗集唤醒他的怀念，也给了他慰藉。

只有这样，时时怀着一种热爱、虔敬和信仰，才会真切确凿地感受到母语的美和力量。

灭绝一个民族，必须要从剥夺它的语言开始。因为语言连接维系的，是这个民族的历史与记忆。

而守护语言，也就是捍卫一个民族的尊严，传递一种文化的基因。历史上犹太人曾备受歧视和排斥，颠沛流离长达数十个世纪，只因为顽强地保留了自己的语言和文化，才有了一脉薪火相继的坚韧延续。仿佛古诗中的离离原上草，野火烧不尽，只缘疮痍满目焦土无边之下，生命的根系依然葳蕤。

风靡一时的美国长篇历史小说《根》，也描绘了捍卫母语的悲壮。小说中，被从西非大陆劫掠贩卖到新大陆的主人公，在南方种植园中牛马般辛苦劳作的黑人奴隶，一次次逃亡都被捉回，宁肯被打得皮开肉绽，也不愿接受白人农场主给他起的名字，而坚持拥有自己种族的语言的名字——“昆塔”。这个名字背后，晃动着他的非洲祖先们黝黑的面孔，和祖国冈比亚的河流上荡漾的晨雾——独木舟划破了静谧，惊醒了两岸森林里的野猪和狒狒，树冠间百鸟鸣啭，苍鹭一排排飞掠过宽阔的河面。

不能不说的是，我骄傲于自己的母语——汉语的强大的生命力。五千年的漫长历史，灾祸连绵，兵燹不绝，而一个个方块汉字，就是一块块砖石，当它们排列衔接时，便仿佛垒砌了一个广阔而坚固的壁垒，牢牢守卫了一种古老的文化，庇护了一代代呼吸沐浴着它的气息的亿兆的灵魂，也让一拨拨的异族入侵者，最终在它的深厚博大面前，俯首归顺，心甘情愿。

但更多的民族，却不幸成为反面的印证。先之以语言灭绝，继之以文化湮没，终之以民族消亡。马克思曾经指出，语言是一个民族中最稳定的因素。作为文化的载体和组成部分，一个民族的语言一旦消失，整个民族也就难以摆脱被灭亡的命运。澳洲土著，美洲印第安人，曾经是两个大陆的长久的主人。随着欧洲殖民者的到来，短短一个世纪间，被大肆剿灭的不仅是他们的肉体，还有他们的文化。各自有数以百计的语言湮没无存，不复传承。当年他们雄健驰骋的身影，只能通过缥缈的传说和依稀的遗迹，通过今天少量的保留地中零星的记载，加以想象性的再现。

那些土著人的后裔，肤色相貌和祖先并无二致，一张口却是流利的英语。英语已然成为他们的母语。肉身携带了种族的生物基因，但文化的缺失却让他们成了无根的人。

这样的人，行走在人群中，面目模糊，身份暧昧，仿佛一道飘忽的影子。

四

童年在农村度过。记事不久的年龄，有一年夏天，大人在睡午觉，我独自走出屋门到外面玩，追着一只蹦蹦跳跳的兔子，不小心走远了，一直走进村外一片茂密的树林中，迷路了，害怕得大哭。但四周没有人听到，只好在林子里乱走。过了好久，终于从树干的缝隙间，望见了村头一户人家的屋檐。

一颗悬空的心倏地落地了。

对于长期漂泊在外的人，母语熟悉的音调，带给他的正应该是这样的一种返归家园之感。一个汉语的子民，寄居他乡，母语便是故乡的方言土语；置身异国，母语便是方块的中文汉字。这或许有违定义的严谨，却是连接了内心的真实。“官秩加身应谬得，乡音到耳是真归”（明·高启《归吴至枫桥》），故乡的语言，母语的最为具体直观的形式，甚至关联到了存在的确凿感。

语言阻隔的尴尬，在特定的环境中，会演化成为一种切肤的痛感。在纽约皇后区法拉盛的路边小公园里，一位来探亲的福建老人，看着脚下的鸽子在蹦跳觅食，神态落寞。他感慨梁园虽好，语言不通，想去曼哈顿看看，只能等在华尔街上班的儿子抽出时间。他还算不错的，毕竟这里有不少处境相似的华人，彼此间可以用母语交谈。而我的一位邻居，去国三月，寂寞即迅速地升级为难忍的焦灼。

他退休后到美国中部的一个小城的女儿家小住。方圆数里的数十住户中，只有他们一家华人。没有人可与之交谈，看不懂电视，归去来兮的念头，从时时来袭，到挥之不去。蓝天白云，树木苍翠，清新的空气，深沉的静谧，一切都是那么符合他的期待。但仅仅因为语言，这一切都大打折扣。

一种通常被视作天经地义的状态，此刻，却成为构成幸福的关键因素。

这样的遭遇，常常不期然而然地通向那种罕见的时刻，启示的时刻，获得神谕的时刻。一个人和母语的关系，在那一刻获得了深刻而准确的揭橥：因为时时相与，反而熟视无睹。就像对于一尾悠然游弋的鱼儿，水的环抱和裹挟是自然而然的，不需要去意识和诘问的。但一旦因某种缘故离开了那个环境，就会感受到置身盛夏沙漠中般的窒息。被拘禁于全然陌生的语言中，一个人也仿佛涸辙之鲋，最渴望母语的濡沫。那亲切的音节声调，是一股直透心底的清凉水流。

今天这个时代，全球化笼天下为一体，交流便捷，信息通畅，但语言反而更加凸显了强势与弱势的差异。英语、德语、法语、日语……商业往来，贸易开展，国际事务，它们是不可或缺的媒介。乃至职位招聘、职称评审，也常常需要跨过它们的门槛。语言霸权的背后，折射的是曾经的荣耀或者当下的实力。但对于绝大多数母语是其他语言的人来说，它们永远只是工具。他无法深入感知它的温度质地，它的取譬设喻，它的言外之旨，它的正话反说或者明扬暗抑。这一切，一个人只能从母语中获得。哪一句话会使心跳骤然加快，什么样的诉说能让泪水涟涟流淌？答案深藏在和母语的契约里。

就这一点而言，世界毋庸置疑地公平。每一种语言的子民们，在自己母语的河流中，泅渡，游憩，俯仰，沉醉，吟咏，创造出灿烂的文化，并经由翻译传播，成为说着不同语言的人们共同的精神财富。

以诗歌为证,《鲁拜集》中波斯大诗人伽亚谟及时行乐的咏叹，和《古诗十九首》里汉代中国人生命短暂的感喟，贯穿了相通的哲学追问；中世纪的意大利，彼特拉克对心上人劳拉的十四行诗倾诉，和晚唐洛阳城里，李商隐写给不知名恋人的无题七律，或者隽永清新，或者婉转迷离，各有一种入骨的缠绵。让不同的语言彼此尊重，在交流中使各自的美质得到彰显和分享。

但所有这些，并不妨碍这一点——热爱母语，热爱来自母亲的舌尖上的声音，应该被视为一个人的职责，他的伦理的基点。他可以走向天高地阔，但母语是他的出发地，是他不断向前伸延的生命坐标轴线上，那一处不变的原点。

爱我们的母语吧。像珍爱恋人一样呵护它，像珍惜钻石一样擦亮它，让它更好地诉说我们的悲欢，表达我们的向往。

就像我的一位诗人朋友所写的那样——

在母语的屋檐下，

我们诞生和成长，爱恋和梦想。

在母语的荫庇中，

我们的生命绵延，幸福闪亮。

别

一

别：分离。举例：告别，临别纪念，久别重逢。

这是《现代汉语词典》里对“别”字的第一种字义的解释和举例。汉字以字义丰富著称，但在词典释义中排在最前面的，无疑该是一个字最重要、最普遍的意义。

表达分离意义的“别”字就是如此。它是一个动作，一个场景，一种状态，而所有这些又都归结为一种情感。近人李叔同的那首广为人知的《送别》，正是集中体现了这些成分："长亭外，古道边，芳草碧连天，晚风拂柳笛声残，夕阳山外山。天之涯，地之角，知交半零落，一瓢浊酒尽余欢，今宵别梦寒。"离愁淡淡，仿佛眼前萋萋芳草，向着天边伸展绵延。

诗为心之声。因此，在诗歌中被描绘最多的，也总是最能够叩击心灵的、让人时刻念兹在兹的情感，离别无疑排在最前面几位。以古诗词为例，如果说它仿佛一片浩瀚无际的水面，那么吟诵离情别绪的诗句，就是其间一排排汹涌的波浪。

在南朝江淹的《别赋》中，我们听到了浪涛拍岸的訇然声响。开头第一句，就是令人心惊的裂帛之声："黯然销魂者，唯别而已矣！"接下来他通过一连串的场景描写，次第描绘了各种类型的离别，涉及戍人、富商、侠客、游宦、道士、情人等，"故别虽一绪，事乃万族"。既有共通的分离之苦，也有各自的悲愁凄恻，"有别必怨，有怨必盈，使人意夺神骇，心折骨惊”，堪称是有关离别的总括和集大成。千百年后读来，依然心魄摇荡。

以它作为一个坐标点，前后上下，在不同的时间维度里，离别都被反复地、大量地诉说。

沿时光河流上溯，在中国诗歌源头的《诗经》中，先民们的表情哀怨悲戚。“之子于归，远送于野。瞻望弗及，泣涕如雨。”这是《邶风·燕燕》。“行道迟迟，载渴载饥。我心伤悲，莫知我哀！”这是《小雅·采薇》。发端于桑间陌上的一道溪流，流过千百年流过众多朝代，便扩展成为一条宽阔的大河，那些有关离别的诗句，浪花一样繁多。

古诗词中离别之情的泛滥，牵连着安土重迁的时代背景。关山阻隔，音讯不便，兼之灾害频仍，兵燹不绝，一个人告别故土和亲人去往异域他乡，服兵役，讨生计，求功名，往往不知何时才能回返，甚至生死难测。因此，在众多的情形下，“生离”也往往意味着“死别”。所以辞别变得如此艰难，“悲莫悲兮生别离”(《楚辞·九歌·少司命》),“劝君更尽一杯酒,西出阳关无故人”(王维《送元二使安西》)。但行程已定,变更无计,只好给远行人送上祝福,打气鼓劲:“无为在歧路,儿女共沾巾”(王勃《送杜少府之任蜀州》),“莫愁前路无知己,天下谁人不识君”(高适《别董大》)……豪迈豁达中,依然有一缕强自宽慰的意味。

离别不分时间和场所,但发生在深秋、黄昏、月夜时,发生在荒郊、古渡、驿道边,更容易令人动容。因为那样的时节和环境,最契合凄凉无助的心境,以及对于未来的渺茫感:“何处合成愁?离人心上秋。纵芭蕉不雨也飕飕。都道晚凉天气好,有明月,怕登楼”(吴文英《唐多令·惜别》);“多情自古伤离别,更那堪,冷落清秋节。今宵酒醒何处?杨柳岸,晓风残月”(柳永《雨霖铃》)……离别的现场,总是笼罩了一片愁云惨雾。

这样的时刻,亲友的陪伴和送行,越发显示了情谊的温暖。李白平生浪迹天涯，到处飞鸿雪泥，离别也成为生命中的常态，他将对友人们的感念诉诸诗句：“桃花潭水深千尺，不及汪伦送我情”（《赠汪伦》），“请君试问东流水，别意与之谁短长”（《金陵酒肆留别》）。有些时候，他又变身为送行者，目送老朋友从视线中渐渐消逝：“此地一为别，孤蓬万里征”（《送友人》），“孤帆远影碧空尽，唯见长江天际流”（《黄鹤楼送孟浩然之广陵》）。分离激发了牵挂，友情在广袤的空间中传递，绵绵不绝。

而这还只是开始，是引子，是序幕。

更多的故事由此生发，更多的情绪自此发酵。在接下来的时光里，在另外的场景中，离别转变为思念，于各自的胸次间，酝酿弥漫。是远行客思念故土，“故园东望路漫漫，双袖龙钟泪不干”（岑参《逢入京使》）；是漂泊者想念亲人，“露从今夜白，月是故乡明”（杜甫《月夜忆舍弟》）；是戍边将士的惦念，“不知何处吹芦管，一夜征人尽望乡”（李益

《夜上受降城闻笛》)；是居家思妇的想望，“何日平胡虏，良人罢远征”（李白《子夜吴歌》)。

离情别绪，是难以计数的灵魂的呼吸，嘘气成云，让几千年汉语的天空，云气叆叇，云蒸霞蔚。

二

谁的人生，不是一连串的离别？

告别，分别，辞别，惜别，伤别，痛别……围绕这同一个动作，汉语中衍生出一系列的词汇，情绪的调门层层升高，从静水微澜，到惊涛骇浪，对应了情感的诸般滋味，灵魂的种种悸动。尽管差异，但它在本质意义上都是感伤的，佛家更是将其归入生命的本体层面，人生“八苦”之一即是“爱别离”。人们常说的“喜相逢”，正是一种来自反面的对应和印证。

离别，是生活和生命的常态，仿佛自然界的日月运行，春秋代序。一个生命自呱呱坠地，便踏上了一条告别的不归路。它总是在两个维度上展开。

离别首先是在时间里运行。告别童年、少年和青年，走入中年、壮年和暮年。告别明眸皓齿，秀发如云，走入发苍苍视茫茫，齿牙动摇。告别身手轻快，走入步履蹒跚。离别是成长的必要代价。动物将稍稍长大的幼崽赶出巢穴，母亲把哭闹打滚极不情愿的孩子送进幼儿园，只有如此，一个生命才能走向独立。蝉蛹蜕去外壳才成为蝉，告别中孕育着新生和成长。

离别也是在空间中发生。一个身影在广袤的天地间，时行时止。告别家乡的树林和池塘，山野和牧场，小院和窄巷，走向遥远陌生的地方。曾经漫长的农业时代，大多数人会终老一地，脚步迈不出方圆几十里的范围，但在地球成为一个村落的今天，绝大多数的人，身影会穿行于广阔的疆域，会在众多的异地置放自己的生涯。从此地到彼处，空间的不断位移，意味着生活和情感的持续变易与更新。

生命中有多少种离别？可以有不同的计算方式。更早的不说，另类的不说，从最普遍最常见的说起。毕业是告别校园走入社会，自平静单调走进复杂难测。结婚是告别漂泊与浪漫，学习从平淡庸常的日子中培植爱、容忍和责任。退休是告别职业生涯连同它附带的符号和油彩，此后的日子更为接近生命的本真状态。各种各样的离别，连接起了一个人的全部人生。这个过程，伴生的是不断转换的外在身份，是五味杂陈的内心感慨。

人生的不同阶段，离别的滋味在在各异。年轻时，活力饱满激荡，对未来充满憧憬，离家远行意味着拥抱充满诱惑的新生活，难以体会离别的苦楚，对家人的叮咛牵挂大多不以为意，说得多了甚至不耐烦。与此仿佛的还有“小别胜新婚”，因为分离造成的张力，再次相逢会品尝到更为浓郁酣畅的幸福感，分离成为一种延宕的手段。这些，都可归入“少年不识愁滋味”。不识，因为少年，因为有旺盛的生命力垫底。

但更多的离别，离别的通常情形，毕竟还是让人伤感，系连了无奈、怅惘、牵挂和愁苦。它们的排列和递进，仿佛情感音律的宫商角徵羽。前面援引的古典诗句，一声声感慨和叹息，不过是这些情感的折射。

而死亡，将这一切最终收纳，将其间所有的差异，一概抹平。

死亡是离别之上的离别，是离别的终点和最高形式。仿佛是为了让人逐渐适应，它通常会有一个漫长的铺垫，健康一点点丧失，神智一步步昏昧，在沦入彻底的黑暗之前，暂且于黄昏朦胧的光亮中过渡一段时光。如果生命轨迹是一条抛物线，它就是最右下端的那一段。

然后才是最沉痛的时刻。是在亲人的病榻之侧，执手和流泪，叮嘱和告慰；是伫立于焚化炉前，望见棺木被缓缓推入，旋即被烈焰吞噬；是俯身揭开覆盖墓穴的石板，点燃一沓黄纸，再将骨灰盒小心地放入。一个生命彻底与人世告别，存放于他人或长或短的记忆中。

离别，是一条看不见的绳索，串联起生命的百般境遇，万千滋味。

三

如果超越个体生命的经历和体验，将离别置于广阔的背景上观看，就会获得极为浩瀚的信息，关涉生活的复杂，人性的丰富，精神的玄奥。

现实生活中的离别，比起艺术作品里的表达，远为浩大和复杂。在诗词曲赋中，在戏曲舞台上，离别是一个个意象，一幅幅画面。灞桥折柳，骊歌一曲，江亭把盏，缆解舟行。生活中真实的离别，随时随地在发生的离别，却是缺乏戏剧性的，平淡枯燥的，因其日常而不受关注。尽管如此，它们依然有着值得品咂的况味。

譬如一对曾经热恋的男女，由最初的执子之手，海誓山盟，到后来的劳燕分飞，形同陌路，其间的转变，这一个以离别为结局的故事，透露了什么样的信息？是出现了新的诱惑，还是共同生活的愿望终于不敌日常鸡毛蒜皮般琐屑龃龉的累积？离别也发生在曾经亲密的友朋之间。只因为发现志趣相异，多年旧友一朝割席绝交，“子非吾友也”。这样的情形，在今天微信朋友圈里也时时在上演，多是由于价值观的分歧，道不同不相为谋，彼此屏蔽拉黑，从此关闭心扉。

离别有着繁多的变体。譬如古代的官宦仕人，仕途上的一次次进与退，升迁或者贬谪，这每一个时间节点，相对他的过去，不是也可以理解为一种告别？那些有大人格者，在此时最能够彰显。陶渊明辞官归隐，是因为“觉今是而昨非”，主动选择告别蝇营狗苟的官场，让生命回归本真和自我。即便是被动的告别，在如何应对的姿态上，也能够看出一个人的胸怀和质地。苏轼的一生是一连串的告别，告别庙堂之高，走入江湖之远；告别通衢大邑，走入偏僻荒蛮；告别奢华优渥，走入贫穷困顿。不断的坎坷蹭蹬，在别人难以忍受，他却豁达坦然，成就了不朽的道德文章，被后世人们供奉在心中，永远不肯分别。

更多的离别，在个人的悲欢离合之上，还折射出社会、时代和历史的信息。

一部《红楼梦》，从头至尾，是关于离别的演绎。荣宁府中，大观园里，各色人物你方唱罢我登场，演出了一幕幕悲剧喜剧闹剧。告别青春，告别繁华，告别生命，到最后，落了片白茫茫大地真干净。当贾宝玉身披猩红斗篷，在雪地中告别父亲遁入空门，也是在与一个病入膏肓的时代告别，那一种沉痛，砭骨入髓。

当离别以一种群体的被逼迫的方式呈现，就更是展现了社会的悲惨和黑暗。这正是杜甫的“三别”告诉人们的。无家的单身汉，新婚的丈夫，垂暮之年的老翁，都被强行抓去服兵役，被迫离别亲人和故乡，生死难测。在离别的哀号悲泣后面，一个时代的背景浮现：官府残暴，叛军肆虐，山河破碎，家破人亡。这样沉重的苦难，化为诗中一声声沉郁激愤的叹息：“君今往死地，沉痛迫中肠”（《新婚别》）；“存者无消息，死者为尘泥”（《无家别》）；“积尸草木腥，流血川原丹”（《垂老别》）。

离别的苦痛，也同样会降临在统治者身上。这通常是他们的腐朽和昏聩导致的结果，是自酿的苦酒。“剪不断，理还乱，是离愁。别是一般滋味在心头”（李煜《相见欢》）。南唐为北宋所灭，后主李煜从一国之君沦为阶下囚，“日夕以泪洗面”，往日繁华只在梦中。亡国破家之愁恨，长久郁积于心，才有了这样凄凉哀婉的词句。

离别还在更长的时间、更大的空间中，以更大的规模展开，譬如历史上客家人的迁徙。从西晋永康年间开始，客家人祖先离别中原故乡，拉开了漫长迁徙的序幕。因为躲避战乱、灾荒和瘟疫，也因为人口繁衍、拓展生存空间，在长达十几个世纪的岁月中，客家人先后历经五次大规模迁徙，一步步在南方诸省扎根，并陆续走向海外。每一次迁徙都是一次集体的大离别，以脚下的故乡为坐标原点，向着陌生的远方行进，而最初的中原故乡，已经遥远恍惚仿佛神话和传说。

这样的离别，涉及的是族群、历史和文化，是无量数的史诗的题材，高山大海一样的丰富浩瀚，想起来就令人晕眩。

四

离别在今天，是怎样的面貌和姿态？

时代发展，技术进步，改变了很多东西，让生活大为便利。一百年前去大洋彼岸的美国，乘船需要几个月，有了飞机后骤减为十几个小时。几十年前，跨洋电话十分昂贵，今天，微信视频聊天可以随时随地，不需附加任何费用。

但此消彼长，获得经常伴随着失去。情感生活领域的一些微妙的东西，审美的感觉，诗的情调，在这个过程中稀释和减弱了不少，成为技术进步的代价。离别的意味，在今天也产生了某种变异。现代化以前的漫长的岁月中，离别带来的那种入诗入画的感受，是建立在“那时慢”的背景之上的。慢，让情感坚实，让思念浓稠。不说鱼传尺素的遥远的古代，就说三十年前，那时字斟句酌写成一封信，小心投进绿色邮筒中，估算收到对方回信的时间，耐心地等候。其后不久，电子邮件出现，按下鼠标即时完成发送收取，二者给予人的感受，显然有着幽微的不同。

尽管如此，离别这个词语中最具根本性的意蕴，没有变化。

日月运行，春秋代序。雨水依然洒落，雪花依然飘飞。亘古如斯。人的基因构成未曾变化，情感内容也就不可能大幅刷新。变化的只是情感表达的形式和幅度，舞台和背景。

当年考上大学来北京读书，父亲送我到离县城几十公里外的一个城市乘火车，一直送进车厢。在火车缓缓开动的时候，他站在车窗外，又把此前说过多少次的注意事项再一次念叨。我的心思完全沉浸在对新生活的想象上，对他的话似听非听。在将近三十年后，到首都机场送别去往大洋彼岸求学的女儿，在海关入口挥手告别时，看着她充满向往同时又心不在焉的神情，我却忽然想到了当年父亲送我的场面。一个是嘈杂脏乱的简陋站台，一个是整齐洁净的现代化航站楼，这种外在环境的巨大差异此刻仿佛都不存在了，只有一个为父者的牵挂系念，在胸中氤氲流荡。

我想到了文学作品中对这种场面的描写，想到了朱自清的《背影》，龙应台的《目送》。靠做小买卖艰辛维生的平头百姓，在文坛、政界都成就非凡的现代女性，当他们隔着一个多世纪的时光，与自己的儿子离别时，洋溢在心间的情感，并没有本质的区别。在阅读的某个瞬间，我获得了代入感，化身为两个人，父亲和母亲。我感受到了一种人性的轮回，亘古如斯。

更不用说死亡，这个离别的最后的和最高的形式。不仅是“送君千里，终有一别”，在它之上，更有“人生百年，终有一别”。也是龙应台，写下过这样的句子：“第一次的目送是成长，最后一次的目送却是永别。”永别，死亡，它给予我们的震撼，异代而同调。当亲人去世，我们的悲戚和泪水，与一千年前一样。在这种时刻，我们会想到一句话：太阳底下无新事。

是的，太阳底下无新事。这一种最后的离别，和在以往任何时代一样，是生命中“严重的时刻”。因为它的映衬，人生的短暂性便具有了鲜明生动的质感，如何活着便变得异常尖锐。就仿佛在深浓的黑暗中，光源最能够有效地显示自己的亮度。这样的时刻，是为生命确立标准的时刻。置身相关的情境中，一个人才最有可能收拾起一贯的漫不经意，穿透生活的浮泛表层，进入其内部和深处，认真省思生命的意义和价值。

语言是思想的外衣。为了取得警醒的效果，人们有时会采用某些尖锐乃至怪异的说法。譬如法国作家加缪就说过：真正严肃的哲学问题只有一个，那就是自杀。德国哲学家海德格尔更是将对人生的思考，置放于死亡的背景上，称其为“向死而生”，将生命看作一个走向死亡的倒计时过程，借此强化生命的在场感，最大限度地激发出生命的活力。

因此，从死亡这个最终的离别生发的种种思绪，最终也可以凝结为一句话：我们如何确定自己的生活姿态？应该拥抱什么，告别什么？每个人都需要得出自己的答案。

“何处是归程？长亭更短亭。”

在生命的大幕拉下之前，一个人不应该与这个命题离别。

身边的人们

同事

对一位职场人来说，一生中相与度过最长时光者，除了家人，恐怕就是同事了。

一周有五天，自早至晚，和同事在一起。办公桌彼此相连，文具报纸侵占对方地盘，呼吸相互交融，进屋出门时注意避让躲闪。这是一个特定的空间，室内的豪华或者简陋，安静或者喧嚣，窗外的花开花谢，春雨秋风，被其中的人们共同感知。

诸种人伦关系里，亲人间时时牵挂，朋友间心心相印，而成了同事的人们，却注定了要在或长或短的一段时间内，相守相望。有些人甚至一生做同事，在同一个屋檐下度过数十年。佛家讲究缘分，有“五百年修得同船渡”之喻，那么，这种漫长的厮守，细想起来，自应有着深厚的因果关联。世相纷繁流转，人生存的方式也有多种多样，但一旦做了同事，生命却在共同的时间与空间中展开和流逝，为同一桩工作而分工合作，感受共同的上司的宽厚随和或者刻薄乖戾，仔细想来，岂不是颇有意味?

但遗憾的是，大概不少人并不认为这种缘分值得珍惜，否则也不该有那么多鸡零狗碎的龃龉和争斗了。佛家有“八苦”之说，其中的“怨憎会”，在现代社会形态中，相当程度上应该是发生在同事之间。对于普通人来讲就更是如此，因为生活、交往的范围有限，同事便成为他的社会人际关系的重要构成，他的欢欣或者忧烦的一个主要来源。

如果细心审视单位、公司等小天地中的人际关系，其间种种心思机巧，不乏波谲云诡，诸如合纵连横、围魏救赵、远交近攻等更多运用于国家之间的交往谋略，在此似乎也很能够获得印证。麻雀虽小，五脏俱全，单位也是社会的一个缩影，具体而微地折射出并阐释着人世间的游戏规则。利益的蛋糕总是嫌小，不敷分享也无法分享，晋职、增薪、出国，好事任谁都惦记，但偿愿的毕竟只有少数。再加上天性各异，好恶有别，共事中难免产生出种种的间隙。办公室政治成为社会学研究的一个分支，颇有道理，公司单位处世术之类的文章书籍也就应运而生。同事相处的艺术是把握好尺度，分寸的拿捏是需要经验和智慧的。一个刚刚工作的年轻人，或者按现在的说法"新鲜人"，往往会吃一些苦头。他胸中无城府，眼前多明朗，对人笑脸相迎倾心诉说，却未料到自己无意中已经得罪了与此人有过节的人。对不少人来说，成长的代价，是要在这个相对封闭的空间里支付的。

使人际关系以同事的面貌呈现的那类地方，天然地排斥诗性，是冷冰冰的现实主义的地盘。旅途上，聚会中，许多临时性、一过性的场合经常萌生的那些浪漫的悸动和遐思，在办公室里是难以找到的。恋情是浪漫情感的一种极致，但办公室的恋情和别处相比却打了不少的折扣：一是彼此间缺少足够的陌生之感，二是在同事的眼光下，要按照现实主义的原则来行事。也正是因为这些因素的制约，我们经常会看到某些情感的幼苗和碎片，某些欲言又止，某些含糊朦胧，总之是一种不清晰未完成的状态。男女之情是生命的自然本能，异性同事之间当然同样可以萌生，只是相对于别处，此处土壤更为瘠薄，不适宜进一步生长。这种情形下，不少朦胧的恋情转换成了明确的好感，然后随着时间的流逝而又渐渐褪色。

要想了解一个人的优长和局限，知晓真实的人性，同事也是最好的观察对象和解剖标本。

萍水相逢的邂逅场合，人有时容易对某个异性一见钟情。姣好的容颜，悦耳的声音，迷人的姿态……会有那么多的地方让人怦然心动，坠入情网。陌生造成了神秘，而神秘则放大了好奇心。最初映入感官的只不过是吉光片羽，但想象力却訇訇燃烧起来，要把这个美的片段慷慨地放大，一直笼罩了对象的整体。这种经常是盲目的激情，很难滋生在同事之间。因为朝夕相处，近距离接触，优缺点一览无遗，便扯去了那层浪漫想象的轻纱。一个走到哪里都能吸引眼球的美女同事，我们知道她的做事拖沓，她的粗粗拉拉，她的虚荣心和小心眼，等等，知道那张漂亮面孔后面的诸多不够完美之处。我们仍然可以欣赏和喜爱她，但那是一种平视的目光，心静如水。虽然面对别的陌生女人，别人的同事，我们依然会神魂颠倒，不恰当地把对方安放到梦的高度。这也许是上帝为人性所设置的密码吧，他饶有兴味地观赏着人因为自己的局限而屡屡制造出的一个个悲喜剧，品尝到一种游戏般的惬意。

当然，上面从男女间情感的角度端详，只是因为这是一个更容易感受的方面。同事关系提供的东西其实要丰富得多。让人寒心的东西当然有，但我们且挑些好的来说吧。一些打动人的事情，因为发生在同事身上，不需要为了某种目的而人为地拔高，也更让人相信美和善的力量，存在的普遍性，以及朴实无华的方式。那位坐在角落里的沉默寡言的中年人，多少年中耐心伺候瘫痪在床的岳母，从不流露一句怨言，亲生儿子也未必做得到；那个性格不够通融随和的人，却默默地资助了一个贫困山区的儿童，一直到送进大学。这些都展现了生命的丰富性和矛盾性，让人眺望和思索人性的可能的边界。

存在的种种局限，生命受到自然力操控的本相，也最能够从同事身上体现出来。

譬如时光的杀伤力。一位同事，我们看着他，从二十岁出头意气风发的青年，一步步走到了哀乐交织的中年，疲惫开始爬上了面容，衰弱开始拖住了脚步。除了他的妻子，只有我们才说得清，哪一年起他的鬓角开始长出白发，哪一年起他的肚腩发面团一样膨胀起来。当年他是多么的生龙活虎呵，打起扑克来可以一夜不睡，但如今他却一定要在午后去打个瞌睡了。因为自恋，也因为某种浅薄盲目的乐观，一个人有时会像鸵鸟一样不敢、不肯承认发生在自己身上的变化，但有同事在旁边做自己的镜子，他会变得清醒些，会减少这种错觉。从他的日渐衰老，我们也看到了行进中的自己的模样，以及无法摆脱的共同的自然生命前景。幻灭之情会真实地产生，氤氲开来。

这一面镜子，不仅映照了外貌的变化，也能折射出属于内里的一些东西。我们面前展开了某位同事的生命的脉络。那些体现在言行中的性格弱点，眼高手低，瞻前顾后，虎头蛇尾，抱怨太多而自检太少，等等，在他的生命路途上，是怎样集腋成裘般地积累起来，拖住了他向前迈进的脚步。而从同一间屋子里的另一个人身上，我们却能看到，从内心发出的力量是那样真实，笑容明朗，目光热切，一件件工作都能够安排得妥帖，一个个困难都悄然地化为乌有，似乎一切都能够化为享受。因此当某个令人羡慕的奖赏降临到他的头上时，所有人都认为极其自然。

启示因为来自身边，更能够对我们的精神产生实际的影响。

同学

嘀嘀的声音响起，手机接到了同学聚会的信息。哪一天，几点钟，在什么地方。愉快的情绪从内心滋生，期待开始进入倒计时。

相信接到通知的多数人，感受会和我一样。同学间的交往，总是带给人一种恬适的感情。置身这种场合时的轻松、愉快，和那类功利性的聚会完全不同。原本彼此陌生的人们，怀揣了某个目的而临时凑在一起，费尽心思地想着下一句话该怎样说，最要害的企图何时亮出，面对满桌的珍馐却食不知味。而非目的性却是同学关系的最本质的特点，与其他种种应酬往来划出了鲜明的边界。即使在举世信奉实利的今天，在走出校园十几年、二十多年后，绝大多数情况下，这一特点仍然鲜亮如初。

想想看，生命中最年轻的时光，属于诗的浪漫属于梦的多彩的时光，和社会规则不曾发生纠葛的时光，他们和我一起度过，我们构成了一个“命运共同体”：在一个共同的空间内，一段共度的时间里，一起成长，一起梦想，一起犯傻，也许彼此冒犯，但互相不以为忤。这样的时光不可复现。此情可待成追忆，只是当时已惘然——这种感慨并非仅仅适宜于描摹朦胧的恋情。

对同学的感情，其实很大程度上是对生命中的那段最美好时光的怀恋，只是未必意识得到而已。同学是那一种生活的人格化存在，负载了那段日子里的记忆。每人的个性都不同，其前其后的生命轨迹也不一样，但因为这份因缘，拥有了共同的校园和师长，生命中有些内容彼此重合。如果把每个人的一生想象成由若干个区域构成的话，那么在几十个生命中，有一块田亩中生长着一样的佳木修竹，树影倒映在同一片湖水里。因为这种重叠和交集，一些东西彼此融入渗透。我的那些忧伤或者欢喜，他们也有份。

最深厚的友谊，能够延续一生的交情，往往正建立在同学之间。这很自然也容易理解。数年的过从中，彼此间的了解深入透彻，又值最渴求真实友谊的年龄，心灵更临近赤子的率真状态，利益的考虑尚未侵入，因此不用委曲求全，不必违心说话做事，亲近谁疏远谁，凭的是彼此的心仪和敬重，声气相投。

告别校园小天地，走上社会大舞台，人生道路开始分岔，每个人的旅程从此指向不同的方向，一路展开殊异的风景。多数人之间交往慢慢地淡了，联系渐渐稀疏了，甚至多年间彼此不知消息。即便长期保持联系的，也往往一年半载才通个音讯。这也很正常，生活的圈子不再交集，每个人在社会上要尽责任，在家庭中要尽义务，生活状态和当年在校时大为不同，没有时常过从的充分理由了。

不过这些都没有关系，并不妨碍在数百上千个共同度过的日子中形成的情谊。只要重新见面，一切仿佛如昨。那些熟悉的笑容、声音、姿态，似乎一点儿没有变样，中间数年、十数年甚至数十年的时间距离，也仿佛并不存在。往昔重现。在同学聚会的场合，一些当年的趣闻轶事会被翻出来，激起一片笑声。曾经的场景片段也在脑海中浮现，感受到当年的某种氛围。尤其是那段时光中与爱情有关的种种，往往会被更多地提起，成为最好的调侃话题。光阴流转，当年要死要活的当事人也都超脱了，曾经的伤痕早被时间抚平；自嘲的口吻中，混合了对青春的怀恋，以时光飞逝做背景，当年的青涩都平添了几分动人。

每次聚会，并没有预设的话题，风起云行，忽东忽西，充满了随意性。在这个场合谈论些什么并不重要，主要是借由谈话聊天营造出的那种气氛，让人放松和惬意。彼此扶持关怀，那一份人间的友爱，也往往在同学中最能够体现出来。回想大学同班同学的多次聚会中，除了入学二十年、毕业二十年这类可以说是事出有因，大多并没有特定理由，往往是某个外地同学来京，或者国外的哪位回国探亲，谁一出面张罗就凑一起了。但有两次目的明确，一次是为一位同学捐款，他的女儿患癌症住院治疗，花费不菲；一次是商量如何援助一个不幸早逝的同学的孩子。那样的场合让人感觉温暖，不论是施予者还是受助者。

江山易改，本性难移，聚会颇能够印证此

点。大抵当年调皮的仍旧活泼，当年内向的依然寡言。最戏谑的笑声，仍然发自当年的几张嘴巴，同样还是那一两个人，操控和调节着聚会的气氛和节奏。不过也不乏曾经羞涩的一变而为放任，一贯口无遮拦的多了些字斟句酌，相对于本人这该是变异了。这后一种情形里面，体现的就该是时间的力量了。把今昔联系起来看，有助于深入了解人生的玄奥，它们涉及因和果，命和运，偶然和必然，时势的力量和个人的努力。一脉相承，合情合理，固然可以寻得到清晰的内在逻辑脉络，那些吊诡反常之处，其实也自有其演变的蛛丝马迹、草蛇灰线。

许多年过去，不同的境遇，拉开了彼此之间的距离。每个人都要扮演命运派给自己的那一个角色，在人海中载浮载沉，社会的位置不同，人生的画面也不同，甚至是大异。一些人扶摇直上，一些人曳尾涂中。那些富了或者贵了，身居要津或者腰缠万贯的，按照社会上的游戏规则，在正式的场合要摆摆架子做做指示，这也很自然。但在同学面前，他不好意思用那样的姿态。倘若某个人真的就这样做了，会被同学讥讽，实在是自取其辱。社会上的规则是一回事，但在同学之间的交往过从中，毕竟有着自己的标准和尺度。其实，那些别人眼中的社会栋梁和显达人士，每天的一言一行都要顾及自己的身份，时时处处受到掣肘，也未必没有换个环境轻松自然一下，体会一回本真状态的念头。这类的场合并不很多，同学相聚便是其一。

同学数载，怎样说都是一场缘分。但因为性格志趣不同，有些人彼此不认为有交往的必要，冷淡疏远，甚者毕业分手后就失却音讯，自此相忘于人世，仿佛生命中从来不曾存在过这样的一页。这颇让人感慨。但还有比这更为不堪的，往往和不正常的时代政治生态有关。或者迫于强大压力出于自保之念，或者是内心某种幽暗的成分借机发酵，于是从私下的告密信小报告，到公开场合的揭发攻讦，甚至是毕业分离多年后面对来访的调查人员所做的证词云云，都让人感到内心恐惧冰冷。这样的情况，在近数十年的历史上就不幸反复地出现过，伴随着一次又一次的运动。

坏的政治，总是鼓励和呼唤恶的溢出，在祸害社会的同时，更是对人性的最大毁损。

同乡

“君家何处住？妾住在横塘。停舟暂借问，或恐是同乡。”

两个青年男女，在同一条江上讨营生，摆渡或者给人运送货物，小舟时常擦舷而过，但是不曾说过话。日子流淌，彼此间萌发了一缕好感，就想搭上话。按今天的话，就是“碰瓷”吧。如果两人谈得来，下一步感情再升温也无妨。不过这最初的话该说些什么呢？颇费些思量。要显得自然，双方都不会感到尴尬才好。有了，就问问对方和自己是不是同乡吧。

这首短诗，是唐代崔颢的绝句《长干曲》。可见，同乡天然地具有一种情感黏合剂的效果。

这种让人相互贴近的同乡之情所从何来？凭借的是什么？

首先该是源自一种共同的生活环境。生长在同一个地方，气候干燥或湿润，寒冷或炎热，目光望出去，是高山峻岭或者平川无垠，饮食口味偏重辛辣或甜腻，这些都是时时会作用于感知的。作为同乡，这些背景因素必然给彼此的生活增加了许多共性。比这更为明显和直接的，是那个区域内的许多人都曾经参与或者了解的一段生活，彼此都认识的人，都知晓的事件，都闻知的社会关系。如果不拘囿于时下，向历史回溯，家乡的历史和名胜，更具有一种强烈的标志性和凝聚力。这一些经历和记忆是共同拥有的，具有某种人际圈子的特性，经常是不足与外人道的。

同乡的感受，是和彼此间的距离成正比例的。距离越近，感受也就越深。在同一个县里长大，比起同属一个市的但分属不同县的，显然拥有更多的共同话题。但同时，标准也是伸缩变动的。大抵离开故乡越远，故乡人的范围就变得越大。在省城，老乡的边际往往就是县境的分界；到了首都，来自同一个市里的会被视为乡亲；等到脚步走出国门，尤其是去到那些华人稀少的国家，遇见的每一个国人都让他感到亲近。“客舍并州已十霜，归心日夜忆咸阳。无端更渡桑乾水，却望并州是故乡。”唐代诗人刘皂的这首《旅次朔方》，描绘的正是类似的心境。客居并州，时时怀恋故乡咸阳，等到来到了更北更远的地方，连时时想离去的并州，都变得像自己的故乡一样亲切了。

古典诗文中，有不少是描绘对故乡的深情的。秋风刮起，张翰怀念故乡吴中的莼菜羹和鲈鱼脍，遂辞职返乡。“胡马依北风，越鸟巢南枝”，动物尚且如此，何况是感情丰富的人。年轻时可以离乡背井外出打拼，谋求功名利禄，等到渐入老境，便会格外惦念生养自己的那一片热土，故国乔木，时时入梦，乡愁连绵，不绝如缕。这些，也是同乡之情赖以生长的土壤。

这种意识，似乎外国人没有，即便有也该是极为淡薄。推究起来当是与社会形态的不同有关。中国经历了数千年的农业化社会，安土重迁，流动性弱，绝大多数的人，一辈子都生息歌哭于故乡这一个地方，自然会看重眷念这片土地。而在其他处于不断变动、迁徙中的社会，这种感情就要大打折扣了。譬如对生活在被称为“车轮上的国家”的美国人而言，要让他们深入理解上述那些旧诗词中的幽微深沉，即便不是鸡同鸭说，至少也是颇有难度。

有关同乡的意识，大抵是随着年龄的变化而有所不同。

年轻时，尤其是到外地求学时，最容易萌发乡愁。离开生活了多年的家乡，告别父母的荫庇，来到陌生环境，难免会产生种种不适。同学来自四面八方，同处一室，却是南腔北调，生活习惯也多有不同，这时身旁倘若有一两位同乡，彼此间会很自然地产生亲近感。所以几乎每所高校都有同乡会，尤其对那些新近入学者很有吸引力，甚至可以说，它的主要功能就是给新学子提供一份家乡的慰藉。同乡相聚，操着家乡方言聊天，吃着哪个人带来的故乡特产，小点心或者瓜子果脯之类，唇齿间缭绕着自小就熟悉的味道，可以有效地缓解新来乍到的不适之感。这一点还可以得到反证：进入高年级后，就很少甚至不再参加同乡会的活动了。等到毕业后进入社会，正式登上人生的舞台，日日红尘间打拼，诸种功利考虑把灵魂空间挤占得逼仄，乡情会逐渐变得稀薄，而且更多和现实利益纠结在一起。不过到了晚境，喧嚣退去，生命状态回归沉静，又会更多地怀念家乡，同乡之情也容易重新被唤起。我的好几位长辈亲属都是这样，大半辈子生活在京城，和家乡少有联系；退休了，却时常念叨着想回去看看，同居一城多年没有联系的同乡，也开始走动了。

同乡之情会附带着产生一些结果。大学里，每年新生入学，都会有高年级的老乡前来看望，关心是当然的，但也经常有人会挟带了一些私心，看看家乡来的妹妹是不是适合成为花前月下的伴侣，的确也有不少成功的。这就是同乡关系产生出的红利了。生活和工作中，同乡之间也会有更多一些的关照提携，这也是人之常情，自古而然。我曾经看到过一本地市级城市的在京同乡会的会刊，只有薄薄的几页，主要内容就是在京同乡们的单位、地址和电话，封面最上方印着三行醒目的红字："相互提携，共同进步，回报家乡。"二十多年前，参加工作的头几年，单位在北京菜市口附近，明清两代和民国时期，那里是各地会馆密集的地方。有两年的夏天，晚饭后到天黑前一段颇长的时间里，我骑着自行车，在周围方圆几公里范围内的小胡同里信马由缰地闲逛，随处能看到当年的各地会馆旧址。虽然大都变成了大杂院，但建筑格局基本上还完整，不少会馆的名称还依稀可辨。湖广会馆，渭南会馆，新会会馆，台州会馆……遥想在漫长的岁月里，在万方辐辏的京师之地，这些会馆负责了来自家乡的乡绅、官僚的过往居停，特别是成为大量的应试举子的食宿之所。有多少故事在其中发生，多少人的命运变化与它有关。历史悠久数量繁多的会馆，已然成为古都文化的一个重要部分了。

一个地方如果历史上出过彪炳史册的名人，会成为当地的一块金字招牌。不久前刚从湖北秭归旅行回来，与同事们说到该地，多数人并不很清楚，但一说起那里是屈原故里和昭君故里，表情随即不同了，表现出了浓厚的兴趣。人杰地灵，地因人彰。其实，喜欢去一个地方旅行，无非是两个因素，风景或者人文之胜，而后者，往往牵连了一位或多位历史名人的行踪遗迹。外乡人尚且如此，名人家乡后人对先贤所产生的敬爱仰慕之意，在外人面前表现出的强烈自豪感，就不难理解了。“钱塘苏小是乡亲”，清代大诗人钱谦益曾经为南朝歌妓苏小小写下这样的诗句。故乡历史上一位绝代美姬尚且能够使一千多年后的大诗人感到自豪，那些道德高洁、有功于民族社稷的名人先贤，其精神更是能够对后世乡人产生潜移默化的影响。如果把这作为一个课题来研究，应该能够有切实的收获的。

他们生活的时代，距今天已有数百年甚至上千年之遥。岁月阻隔，人事代谢，古今如梦。但如果他们凭借其不朽的道德文章而长存史册，他们的英名不时地会在后人脑海中萦绕，让他们时常沉浸并缅怀他们的思想、情感和事功，那么，岂不是比每天晃动在身边的芸芸众生的身影，更具有一种本质上的生命的真实性?

公园记

来到北京后，到过的第一个公园是紫竹院公园。

那是四十年前，1980 年的 9 月上旬，入学后的第一个周末。从学校门口乘坐 332 路公交车，在白石桥站下车，走几步就到了公园的门口。同学们站成一圈，听班上的团支部书记介绍这次活动的具体安排。

这是第一次校园外的班级活动。

初秋时分，正是北京最好的季节，暑热已经稍稍减退，蓝天白云，阳光明亮，树叶熠熠闪光，清新得像被水洗过。今天时常袭扰京城的雾霾，那时还没有踪影。

团支书是一位北京女同学，端庄大方，一口好听的普通话，微笑着提示大家游园的注意事项，一点也没有我刚刚告别的家乡中学里的女同学们那种扭捏羞涩的样子，让我有一种新鲜的感觉。

类似的感受，其实这几天中已经反复出现过了。当时入学刚刚一周，除了住在同一宿舍的，大多数同学相互之间还叫不出名字。一帮十七八岁的少男少女，来自全国各地，在一个陌生的环境里开始了自己的新生活，看什么都新奇，兴奋活跃，还有几分懵懂。

这次班级活动也是如此。一进公园门就是大片的竹林，茂盛浓密，我还是头一次见到这种植物。往公园深处走去，小路曲折纵横，经过树林和小丘，长廊和亭台，眼前是一大片辽阔清澈的水面，微微泛着波浪，水岸边荷花绽放，远处湖面上小船摇晃……这些景观，是当时刚刚从小县城里走出来的我从来没有见过的。半天转下来，眼花缭乱，没有记住一处具体景点的名字，一路看到的那些风景画面，相互叠加起来，铺展开来，在脑海里交织成一大片跳荡的色彩，形成了一个鲜艳葱茏而又缤纷繁复的印象，让我眩晕。不久后，我有机会观看法国印象派画家的作品时，产生的也正是这样一种感受。

这种微醉般的情绪，还有另外一个更重要的来由。

在那时，一个人考取最高学府的荣耀感，今天难以想象。当时还是计划经济时代，高考几乎是年轻学子拥有美好前景的仅有的可靠途径，因此竞争远比今天激烈。那些有幸考上的，都会被视作天之骄子。戴着白地红字的校徽，走在街上，迎面投来的都是极为羡慕的眼光。得意也好，虚荣心也好，对于当时还不满十七周岁的我来讲，这无疑是一种极大的满足。相信不少同学也和我一样，尽管努力装得若无其事，但时时会意识到左胸上方衣襟上那个长方形小铜牌的存在。

因此，今天回想起来，对于1980年秋天的我来说，来到京城后第一次走进的这个公园，就仿佛是彼时生命的一个隐喻，存放了快乐和满足、梦幻与向往等，虽然那时自己还不能意识到。一个小地方的懵懂少年，因为幸运，一脚迈进了首都，进入了一种全新的生活，这种生活的魅力就像早晨天上的霞光一样闪耀。在这个秋天，他的生命刚刚绽放自己的春天。

那个年龄，正是最容易将可能性和事实混淆的年龄。我不知道也不曾想过，将来的生活会怎样展开，会是什么样的面貌，却深信一切都会十分美好，就像此刻映入眼帘的风景，阳光明亮，绿意葱茏，碧波荡漾。这种信念甚至不是一种意识，而只是一团感觉。

我当然更不会想到，将近四十年后，我会频繁地走向它，在它的林间和水畔徘徊，被它的气息环绕裹挟。它将成为我人生后半场的一个主要的陪伴者和见证者。

想象从这个地方拉出一条线，向东南方向延伸，穿过众多的街衢巷弄，止歇于陶然亭公园。它是第二个给我深刻记忆的京城公园。

这段距离其实并不算长，十公里出头。但我的脚步到达那里时，已经是四年之后了。

毕业参加工作，单位的大楼是一座建于20世纪50年代的苏联风格的建筑，与对面的前门饭店、斜对面的工人俱乐部、东边的友谊医院（最早名为中苏友谊医院），成为一组风格相近的建筑群，在以平房为主的平民集聚区的南城，是一个特异的存在。站在报社六层的楼顶上，俯瞰远近广大区域内一片连绵的平房屋脊，喧嚣的市声仿佛尘土一样飘浮上来。

单位距公园不远，15路公交车坐两站就到它的正门东门，但我更喜欢步行。更多的时候是穿过纵横交织的小胡同，从它的北门走进公园。这个过程持续了将近五年，一直到成家搬离集体宿舍。算起来，它应该是我去过次数最多的公园。那几年主要上夜班，晚上九点多钟开始工作，第二天凌晨一两点钟下班，白天有大量的时间可以自己支配。这种日子隐约有着某种虚幻的特质，连我自己有时都能感觉到，仿佛飘浮在这个城市的上空，与周遭的生活若即若离。

这样的状态，正适合在公园里置放和展开。

清代康熙年间，这里是南城外的郊野荒凉之处。一位朝廷官员在建于元代的慈悲庵旁，修建了一座亭子，命名为陶然亭，源自白居易的一联诗句："更待菊黄家酿熟，共君一醉一陶然。"此后便成为文人墨客聚会之所，因而各种诗文题咏留下了很多，我曾经有意识地搜集过一些，记在小本子上。像这一副楹联："烟藏古寺无人到，榻倚深堂有月来"，是光绪皇帝的老师翁同龢书写的，题写在陶然亭正面的抱柱上。还有几位不记得名字的诗人的和韵诗里的句子，如“萧萧芦荻四荒汀，寂寂城阙一古亭”“斜日西风浅水汀，芦花如雪媚孤亭”等，很能渲染出一种孤寒荒僻的氛围。

到了民国时代，这里依然是外地来京文人们的必游之地。在俞平伯的名篇《陶然亭的雪》中，它还是那么荒凉，旷野之上，到处是累累的荒冢，被茫茫落雪覆盖。而郁达夫在《古都的秋》中，谈到“陶然亭的芦花”时，是与“钓鱼台的柳影”“西山的虫唱”“玉泉的夜月”“潭柘寺的钟声”相并称的。

当然这都是过去的事情了。今天这里已经是热闹异常，晨昏时分，许多周边居民来此运动健身。公园中亭子众多，山丘上，湖水边，走不多远就会遇到一座。记得当时一处名为“华夏名亭园”的园中园刚建成不久，汇聚了全国各地的历史名亭，完全按照相同的样式和大小建造，有兰亭、沧浪亭、醉翁亭、独醒亭、浸月亭……在它们之间行走，我时常会感觉到自己遁入了时间的深处。

与那些亭子上的楹联所透露的萧散气息相比，镌刻在20世纪30年代的青年革命家高君宇墓碑上的文字，则完全是另一种精神气质。墓地位于将湖面分隔为东西两部分的湖心岛上，锦秋墩北麓的小松林旁侧。“我是宝剑，我是火花。我愿生如闪电之耀亮，我愿死如彗星之迅忽。”这一首他剖白心志的短诗，被石评梅刻在墓碑上，同时也刻上了自己的心声：“君宇！我无力挽住你迅忽如彗星之生命，我只有把剩下的泪流到你坟头，直到我不能来看你的时候。”因为悲伤过度，她不久后也撒手人寰，被安葬在高君宇墓旁。这一对恋人生前未能合卺，身后始得并葬。两座方锥形的大理石墓碑紧紧相邻，仿佛两条伸出的手臂，向苍天指认他们的爱情。这样纯粹的、贯穿生死的爱，正适合那个年龄对于爱情的理解，又因为每次去岛上都要从墓地旁走过，因而对这个地方的印象也最为深刻。

但对于我来说，最真切的撞击来自那些刻在墓碑上的语句。它们激烈而悲壮，仿佛具有超越死亡的力量。某个时候我想到，他们的事迹固然可以镌刻于青史，但倘若不曾留下这样的文字，很难想象会有现在这样感人至深的效果。与这一理解同步，让自己的生涯与文字建立起关联，是那个时候开始逐渐明晰起来的信念。

我记得很清楚，那一年的春末夏初，坐在西湖北岸、澄怀亭东侧的一条长椅上，头上是一棵枝条披拂摇曳的垂柳，我读完了当时出版的沈从文的全部作品。眼前湖水潋滟的波光，让我的思绪飘向湘西，飘向那一条流入洞庭湖的、“美得让人心痛”的千里沅江。那么多残酷而美丽的故事，发生在这条河流的水边和船上。正是从这里，少年行伍的作者开始用自己的眼睛观察和体味这个世界，阅读“人生”这部大书。

那个年龄有着不知餍足的好胃口，域外同样也进入了我的阅读视野。印象最深刻的是两位俄罗斯作家的作品，帕乌斯托夫斯基的《金蔷薇》，还有蒲宁的《阿尔谢尼耶夫的一生》。这两部作品鲜明的感性风格启发了我，一向混沌粗糙的感受仿佛骤然间被磨亮了。在两个漫长的夏季，我仔细观察大自然的种种表现，涉及光和色、声音和气味，感官能够触碰到的方方面面，并记在一个本子上，期望将来某一天以此为素材，写出一本书。“夏天的美丽”——我甚至连书名都想好了。

那时社会上已经开始了向市场经济的转型，周围一些机灵活泛的同事和朋友，开始议论下海之事，甚至有所行动。但一种自我封闭同时也是不切实际的禀性，却让我对这些视而不见，而沉湎于某些看起来虚无缥缈的事物，自得其乐。对于这样的气质，在种种可能的诱引中，文学显然极具优势。

来去公园的路上，经常会从中央芭蕾舞团的门口走过。这一间高雅艺术的最高殿堂，却是一座毫无艺术色彩的老旧楼房，矗立于一片杂乱的平房屋顶之上，让人不免有一种错位感。那些挺拔美丽的姑娘走过时，像一道阳光，瞬间照亮了逼仄暗淡的小巷，梦幻一般。在我那时的感知中，文学与生活的关系，就仿佛她们和这片街巷的关系一样。

玉渊潭有比陶然亭更为开阔的水面。

第一次来这里，是参加工作后不久。大学同宿舍的一位要好的同学，按照当时的政策，被派遣参加单位讲师团赴山西吕梁一年。临行前相约来到这里，租了一条小船划向湖面深处，一边吃着面包、火腿肠，喝着北冰洋牌汽水，一边交流工作以来的感受，勾勒未来的打算，一些今天看来充满理想主义色彩的梦想。事先向单位同事借了一台相机，拍照留念，照片上的自己清瘦黝黑，一头乱发，胡茬好几天没有刮了。

再次来到这里，已经是几年后了。那时已经成家，住在西城区百万庄，妻子家提供的一间房子里。每天的生活轨迹，变为在城区西北与东南之间的往返。百万庄离玉渊潭公园不远，婚后头两年，没有拖累，时间充裕，因此每到周末，经常两个人结伴骑车来这里。

游泳是最主要的目的。这里水面阔大，没有障碍，吸引了众多野泳爱好者，一年四季都有他们的身影。和陶然亭公园一样，这里的湖面也被分作东西两部分。我通常是在东湖的北侧码头一带下水，每次游上大半个小时。有几次独自游到靠近湖中间的位置，平躺在水面上，肚皮被水草轻柔地摩挲着，十分惬意。四顾茫茫，空旷无际，感觉身体与水和天融为了一体，整个城市似乎都变得遥远虚幻。也曾经到什刹海游过泳，但在那里显然没有这种感觉。坐在岸边石头上等待的妻子担心了，站起身来摇晃手臂，要我游回去，身影望上去缩小了许多。

后来有了女儿，再来这里时更多是带她玩耍，与水有关的活动也改为坐鸭子船了。去得最多的地方，是东湖南侧码头后面的坡地，那里有一个儿童游乐场。年龄相仿的年轻爸爸妈妈，领着孩子爬滑梯、骑木马、荡秋千，表情中混合了开心骄傲和担心牵挂。

在这里我遇到了一位大学同学，另外一个系的，但有几门大课是一同上的。一次坐在一起，交谈中得知彼此籍贯相邻，属同一地区，在那个渴望乡情慰藉的年龄，倍感亲近，此后多次去对方宿舍聊天。毕业后头两年还时常通个电话，后来联系就少了。上一次见面，还是几年前在琉璃厂秋季古籍书市上，记得各自都抱着一摞民国版万有文库丛书的散册，有些已经卷曲缺损，发散出一股霉味。这个细节之所以记得清楚，还因为这正是他的专业范围，当时围绕这套丛书他说了很多，神情陶醉。如今在这个场合见面，当然是出乎意料，互相问问工作和生活情况，相约多联系，但此后再无消息。又是近三十年过去了，不知他近况如何？

我们彼此成了对方人生中的过客。青年时期的那一抹记忆，很快被新的经历覆盖，如此层层叠叠，几十年时光呼啸而过。曾经鲜明的画面渐渐模糊漶漫，甚至踪影全无。生命旅途中遭逢的绝大多数的人和事，其实都是如此。

这个地方又经常被称为八一湖。据说周边部队机关较多，六十年代清理湖中淤泥，他们贡献巨大，使环境大为改善。当时受最高领袖畅游长江影响，部队经常在公园中最南边的那个湖上进行游泳训练，它因此被命名为八一湖。曾经读到过一本部队大院子弟们写的回忆文章的结集，好几个人都写到小时候在这里游泳、打群架、摸鱼捉虾的往事，如今他们中最小的也已经步入花甲之年了。他们隔了多年后走进公园，觉得既熟悉又陌生。时光缓慢而不动声色地改变了许多，这里添加一点，那里抹去一点。

从西三环路上的公园西门到西湖北岸，有一大片樱花园。20世纪70年代初，中日关系解冻，当时访华的日本首相田中角荣，向周恩来总理赠送了上千株樱花，其中不少就种植于此地。其后数十年间又陆续引进了二十多个品种，树木多达几千株，成为公园的特色和亮点。每年的3月底4月初，在春天明亮的阳光下，盛开的樱花闪耀着梦幻一般的光彩，如同晴雪浮云，轻盈而灿烂。树下是蜂拥而至的游客，摩肩接踵。

樱花绚丽，但花期短暂，旬日之间即告凋零。一个有心人望着樱花飘坠，也许会想到这些：乐极生悲；热闹的事物难以持久；美的极致总是邻近了毁灭；最炽热的爱让人窥见死亡的面容……天道与世情、物理和人心，原本相通相证。当然，赏花的人们大多数不会这样想，他们正忙着摆出各种拍照的姿态，表情夸张，笑声连连。天气已经有点热了，额头上很快就沁出了一些微汗。

这一座公园也是有历史的。它始建于辽金时代，是金中都城西北郊的游览胜地。《明一统志》这样记载：“玉渊潭在府西……柳堤环抱，景气萧爽，沙禽水鸟多翔集其间，为游赏佳丽之所。”数百年间，一代代的游客走过，然后消失。那么，如果依照博尔赫斯的观念，眼前这热闹非凡的景象，从本质上讲，也不过是同一幕场景的无数次再现之一，而今后这一过程也还将继续重复下去，无尽无休。

90年代中期之后，从公园中的任何地方向西面望去，都可以看到西三环旁边高耸的中央电视塔。它是整个西部城区的地标，也是当时北京城最高的建筑，有着一种慑人的气度。清朗的日子，它投进湖水中的倒影，它后面更远处西山山脉灰黛色的影子，都在印证着这座城市雍容端庄的气质。

又过了十几年，北京地铁9号线开通，有一段就从东湖中间位置的地下穿过。单独地看，樱花、电视塔和地铁，这些数十年间次第出现的事物，当然都新奇而富于魅惑。但如果把它们放置在广漠的时间背景上看，对于这座自辽金时代就蹲伏于此的园林来说，这些变化，也无非是加在一大幅画面上的一道线条，一笔晕染。

不算不知道，又有好几年没有走进这座公园了，虽然每天上下班都要驾车经过西三环，望得到通往八一湖的昆玉河的粼粼波光。我还可能再回到东湖游泳吗？

这好像不是问题，只要我愿意。也没有听说过那里近来严格禁游。但肯定不会与二十多年前一样了。不仅仅是哲学意义上的“人不能两次踏入同一条河流”，更主要的是心境不同了。当年，我很佩服一拨六十岁上下的老人，每次去游泳时都能看到他们，言谈中有一种不服老的豪迈，而今天的我也很快就要到他们的年龄了。

我想象我可能遇到的情形。我仿佛看到，某一个年轻人，得意于自己充沛的体力，更为等待在前面的无限丰富的日子而隐隐激动。他用一种尊敬但略带怜悯的目光，看了正在做热身动作的我一会儿，然后转身跃入水中，向着湖心处游去。他的身体犁出了一道波浪。

十五年前，单位搬到了东北方向两公里外的地方，邻近著名的天坛公园，于是得以经常走进这座明清两朝皇家的园林。出单位门口，穿过马路，走上不到十分钟，就是公园的北门。

与前面几个公园相比，这座园林的功能决定了它的特殊气质和气势。进门后，沿着笔直的中线甬道向南边走，穿过或绕过北天门、皇乾殿、祈年殿、丹陛桥、成贞门、皇穹宇，一直走到圜丘坛。走过这段一千多米的漫长道路的时间，正是内心的敬畏感迅速产生和积聚的过程。这种效果，足以表明仪式的重要性。

祭祀皇天，祈祷五谷丰登，一代代专横暴戾的帝王只有在这里才稍稍显出些许谦卑虔诚。核心场所祈年殿、圜丘坛中的各种建筑，其数目都是九或九的倍数，象征着天的至大至高。世界上最大的祭天建筑群，世界文化遗产……这些桂冠不是轻易能够得到的。置身这样的地方，显然有助于获得对传统文化的具体而形象的认识。千百年来，与这座园林密切相关的许多知识和规制，其实是或显或隐地作用于每一位国人的生活的。

这些感慨更多是属于昨天的功课了。许多年前，曾经有几次独自或者陪同外地亲友来公园游览，为了不虚此行，仔细阅读过有关资料。但今天做了邻居朝夕相对，心情就变了，懒得再去思考它承载的意义，而更愿意将其当成一个日常生活的巨大容器。

天至高至大，祭天的场所自然也不能狭小。整个公园面积广阔，将近三百万平方米。被南北轴线贯穿的建筑群落两侧，是一望无际的草木区域，规模之大让人惊叹。这么多年中，我每次来公园，都是进门后不久就拐向右边，沿着围墙内的第一条小路，走向西北园区的树林和草地。随着脚步迈动，游人越来越少，景观越来越清幽。

不像其他公园中的植物，一看就是经过了人工规划，天坛公园的树木明显呈现出自然的样貌。它们连同其下的杂草，都按照各自的物性滋生蔓长，茂密或疏朗都是天然的姿态，让人不由得想到了在乡野的阡陌田垄间的所见。这并非园林工人失职，而依然与承袭了历史文化传统有关，有意识地让其自然生长。历史上的祭祀大多在郊野中进行，故而有“郊祀”之说。

公园中有众多古柏树，树龄超过两百年的就有两千五百多棵，都挂着标牌，标注着各自的年份。而总的植物种类，据说超过三百种。在这里，我开始学习辨识一些草木，并有了不菲的收获，能够部分地读懂一本基础的植物分类学书籍。以树木为例，侧柏、圆柏、水杉、油松、银杏、粗榧、胡桃、枫杨……这些树种与这块土地一样古老，让我想到《诗经》里的吟诵。它们属于大自然，但是当转化为文化的符码后，也是其中最具美感的部分。

作为一名有些资历的养猫者，我的脚步总是被栖息在这片区域里的流浪猫拖住。这是一个数量庞大的群体，从品种到花色都称得上丰富。它们安心地享用着这一处皇家园林，不愁吃喝，总有游客给它们送来，更多的是住在附近的居民。它们大多都被养得胖胖的，多了一种慵懒闲适，少了一份对人的提防。猫也和人一样，你会看到各种的模样和性格。

一年年过去，这些猫已经换了多少拨。家猫可以活十几年，它们不能比，不过应该比别处无人喂食的流浪猫要好一些。时常会觉察到，某一只熟悉的猫某一天看不见了，此后就再无踪影。或许是去别处了，但也可能是死掉了。比较起来，植物界的夭亡最不引人注目。多少年来，这里的灌木、杂草连同它们的生长姿态，好像都是一个样子，没有丝毫变化，但实际上已然经历过多少次的枯荣了。

其实，人间的消息也是如此，如果不是刻意关注，很可能觉察不到那个熟悉的舞台上，已经几度幕布暗换。单位工会一年会组织几次活动，大都是来公园竞走，距离不长，时间不限，只要走到终点，就会得到一件纪念品，譬如一件运动衫，一双旅游鞋，实际上是变相的福利发放。这种活动带有娱乐性，也是不同业务部门的人之间不多的交往场合之一。记得有两三次，我意识到某一个人好久不见了，一打听，原来调到别的单位去了，或者已经退休几年了。

离开那些正在舔毛或者打盹的猫，往西走然后再向南折，就看见公园的西门了。出门右转，紧挨着的就是北京自然博物馆。陈列在里面的那些巨大的恐龙骨架和小巧的鸟类化石，动辄以数亿、数千万年为标记单位。面对它们，无形的时间骤然具有了沉甸甸的重量，意识也在一瞬间变得既尖锐又邈远。

不免又要胡思乱想了：按照这样的尺度，这座公园悠久的历史，也不过是时间长河中的一刹那罢了。越来越觉得，商周秦汉，这些望过去云雾缥缈的朝代，其实也并非十分遥远。就说商代，起始于纪元前1600年，距今三千六百年了。如果按照常见的说法，以三十年为一代，这段时间相当于人世的一百二十代。以自己如今的年龄算，也不过是六十多代的递嬗轮回。这样的数字真的会让人惊诧吗？这种念头有些荒唐，也许还可笑，但却无端地让我感到受用。

因为史铁生的一篇《我与地坛》，地坛公园成为一处文学的胜地。但我每次读它时，脑海中却总是固执地浮现出天坛公园的画面。也许他描写的那个地方的整体格局，树木和草地，光线与气味，与这里有不少相似处。史铁生曾经设想有一位园神，与每天坐在轮椅上的他对话，开导他。我不妨也借用一下这个想象：如果此地的上方也有一位神灵的话，在它的视野里，在这片广阔的园林中或走动或歇憩的人们，该和一群群的蚂蚁差不多，倏忽来去，不留下丝毫的痕迹。

我通常在午后造访，寻找一种放松的感觉。结束了上半天的工作，来这里随意地走上大半个小时，在树荫下的长椅上坐坐，比窝在办公室里的椅子上打盹效果更好。阳光和煦，微风轻拂，树木投下淡淡的影子。这幅景象正适合映衬当下的中年心情：哀乐难侵，波澜不惊，很少再有大悲大喜的感觉。

如果哪一天提前到上午，我会在走出公园后，来到对面的街上，找一家饭馆解决午餐。与御膳饭庄、便宜坊烤鸭店等高档次饭店隔不多远，就是经营炸酱面、包子炒肝、卤煮火烧、白水羊头等等民间小吃的馆子，无意中构成了这座皇城的一个隐喻：金碧辉煌的紫禁城周边，就是寻常百姓的穷街陋巷。

贵胄和平民，当然差别巨大，但有时也就那么一点儿的距离。实际上，每当王朝覆灭时，都会有一些皇亲国戚流落民间，隐姓埋名地生活下去。王谢堂前，乌衣巷口，这样的东晋故事，数百年后在这座城市也曾经一遍遍地上演。

世事浮沤，人生飘萍，在感知到幻灭的同时，内心深处却也品尝到了一种从容淡定。

与初次见面相隔将近四十年后，我开始频繁地走进紫竹院公园。

出小区门口，沿着昆玉河的支流双紫支渠，向东走到西三环辅路，跨过紫竹桥立交桥南边的那一架人行天桥，再向东不远，就是公园的西南门了。全程走下来一共十七八分钟。

十五年前，我就搬到了现在的住处，但这么多年中只来过寥寥几次。这两年有了充裕的时间，一个月中走进公园的次数，超过了过去十几年的总和。

这座公园，可以说是我京城生活的一个起点，一处生命梦想最初绽放的所在。四十年后，在接近退休年龄的时候，我又回到了这里。首尾相衔，这让我想到了一个圆环。这里是开始，但也很可能是结束——如果没有不可预期的事情发生。而我现在看不到这种迹象。

记得当年读美国作家厄普代克的小说，对其中的一句话大感惊愕：那些二十四五岁、生命中已经没有多少可能性的人。在我当时的观念里，这个年龄生命的大幕才拉开不久，精彩还在后头呢。又过了多年，遭遇了一些坎坷蹭蹬，认识到许多乐观的期盼不过是一厢情愿时，回想起厄普代克的这句话，觉得理解了。是作家敏锐的洞察力，让他做出这样的判断。的确，年轻时固然可以描画关于未来的无穷想象，但真正能够实现的并没有多少。

阳光被树冠筛过后变得细碎，落在地面上，有轻微的晃动。新换的运动鞋透气性好，走起来轻便舒适。多少年不曾有这样酣畅的体验了——悠然，平静，没有牵挂，也无所羁绊。在卸除了职责名分等一干事务后，生活原来可以这般惬意。除了家人，不再需要别人，也不再被别人需要，更不觉得需要被别人需要。

荷花渡、菡萏亭、青莲岛、斑竹麓、箫声醉月、澄碧山房……我开始熟悉并记住了一个个景点的名字和位置。公园大致还是当年的样子，一些建筑和设施的增加与更新，并未影响到整体的格局。

但外面的世界就截然不同了。公园正门外那条中关村南大街，当年叫作白颐路，南北两端分别连接了白石桥和颐和园。路的两边有几排高大粗壮的钻天白杨，被一丛丛灌木间隔开，浓密的树荫将地面遮蔽得严严实实，颇有几分乡村道路的模样，下雨时走在下面也不会被淋湿。20 世纪末，对道路进行大规模改造，几排大树被砍伐殆尽，为一条宽阔的城市主干道提供空间。道路两边飞速矗立起连绵的楼群，彻底隔断了往昔的记忆。

那么，这些曾经存在过的事物，只能指望依稀留存于当事人内心了，譬如曾经一同在那个秋日踏进这座公园的同学们。和我一样，当时他们自然不会想到这样的变化，也无从预知自己生命未来的方向。那位团支书女同学，毕业几年后就出国了，现在的身份是加拿大联邦政府税务局的高级电脑专家。她每年都会回国探望父母，在京的同学们有时也就借机见面，这也几乎是如今聚会的最主要的理由。这样的场合，每次的谈话总是散漫随意，但大致都会说到当年的校园往事，具体内容取决于餐桌上的某个随机的话题或疑问。她还会想起当年在公园门口，自己向陌生的新同学们所做的介绍吗？应该不会。记忆也是有选择的，在那些浩如烟海般的往事片段中，一个人只会记住些许对自己有意义的。

我走在湖边的小路上，努力把头脑放空。说不定在某个时刻，忽然间，会有某一件往事的影子浮现在脑海里，触动它的可能是映入眼帘的一幅风景画面，飘进鼻孔的一种气味，树林深处练习声乐的人的一句歌声。在那个瞬间，过去和今天叠加在一起，带来一阵轻微的晕眩。

沿着湖边走路的人们，或顺或逆，有着各自的时针方向。有一天我忽然意识到，我的目光更多是投向那些迎面走来的年龄相仿的中年同性。这与在陶然亭公园时瞩目年轻女性，在玉渊潭公园时留意别人家的孩子，大不一样。目光在进行比较，心情也随之波动。有时得意，因为感到自己要比对方显得健康年轻；有时羡慕，因为对方的体魄活力明显超出自己。这让我越来越相信一个说法：我们的情感和思想，不过是身体状况的曲折表达。

第一次遭遇至亲的死亡，也与这里有关。那个春天的傍晚，正行走在湖北岸，接到母亲带着哭声的电话，正在看电视的父亲忽然不省人事。匆匆赶回家，叫了急救车送到医院，确诊是脑出血，马上实施手术抢救。但终因卧床时间过久得了并发症，导致多个器官衰竭，在住院五十天后，父亲离开了人世。

父母在，人生尚有来处；父母去，人生只有归途。对这句话中的沉痛悲凉的意味，我开始有了深切的体会。死亡是以最鲜明和最悖谬的面孔，显示时间的存在。于是自那以后，在公园中游憩时的感受中，又加入了新的成分，有了某种隐约的急迫感。仿佛一个贪吃的孩子，嘴里一边含着，一边数点兜里的糖果还剩多少块。

生老病死，成住坏空。最初，它是我们需要加以理解的事物，然后，它成为我们置身其间的日常状态，最后，我们又用自己的生命，完成一次对它们的阐释和印证，虽然并无新意，也没有人关注。

不过眼下更应该做的，还是仔细品赏一番眼前的秋色。又到了北京一年中最好的季节，尽管雾霾已经给它打了不少折扣。我从公园西南门走进来，沿着湖南岸一直向东，经过拱形的梅桥，又顺着中山岛南边伸进水中的白色石桥，走到南小湖北侧，望着湖中间那个被高大纷披的树木和灌木丛遮掩的袖珍小岛。小岛周边的水面上，长满了荷花和睡莲，风景极为清幽。

一只鸭子带着一群毛茸茸的小鸭子，小鸭子看上去不足一个月，在荷叶下穿梭觅食，这里看看，那里啄啄。有一只扑棱着翅膀，竟然跳到了一片低矮的荷叶上，弄得荷叶摇晃起来。下面是睡莲的圆圆的叶子，密密麻麻地紧贴着水面，有成群的小鱼儿探出头来，唼喋有声，荡出涟漪。

我盯着它们看，不觉忘记了时间。

把电影当书看

做某件事情久了，就会形成一种特别的习惯。理发师看人从头看起，修鞋匠看人自下而上。画家眼里，世界无非线条和色彩。经济学家看来，谈恋爱养孩子都有一个成本收益问题。所以，既然忝为爱书人，我把看电影比作读书，应该也算是事出有因吧。

准确地说，是看电影的 DVD。数码技术的发达，碟片供应的充足，使得一个人可以轻而易举地装备起自己的电影艺术库藏。一台影碟机，一沓碟片，能够让你随时踏进一个酣畅的梦境，就像在零碎的时间翻开一册书一样。碟片本身也像一册书。揿动视频按钮，首先跳入眼帘的正片播放、分段选播、字幕设置、音效选择等菜单内容，多像是书的目录。而那些导演意图、演员介绍、评论音轨等包含在“花絮”里的丰富内容，又仿佛是书的正文后面的注解。借助于高科技的神力，DVD 画面远比当年的录像带、VCD 都清晰得多，则令人想到当今用纸及印制都十分考究的新书。其交互功能的强大，也彻底改变了以往电影线性播放的特点，使得你可以从间断的地方重新续上，或者挑出某一节反复观赏，像不像在书页中夹一片书签？书签就是手中的遥控器。

但我更想说的，还是书的内容部分。买椟还珠可并非我的本意。

不同的电影让人想到不同的书籍。数量最多的当然是通俗类读物：警匪、言情、恐怖，像报亭里的报刊，像小报上的连载，时时都在眼前晃着，想不看都不能，不说也罢。那就说说其他的。宫崎骏是一连串东瀛的童话，温馨，纯粹，奇妙。《龙猫》是天才想象力产下的宁馨儿，美好得让人想流泪！神奇的大树，澄澈的月光，天真的女童，充满灵性的动物，画面中藏着自然和人性里最好的东西。相比它的单纯，《阿拉伯的劳伦斯》应该近于一部气势恢宏的史诗了。主人公建立独立统一的阿拉伯国家的梦想，在多年的努力后终于破灭，郁郁而终，令人感慨。《尤利西斯的凝视》让人想到一个地中海的神话。影片中美籍希腊裔导演的巴尔干诸国之旅，是为了寻找几部失传的电影胶片，实际上也是一次心灵的回归之旅。影片中先后出现的三位女性，阿族的旅伴，塞族的寡妇，萨拉热窝电影档案管理人的女儿，都令人想到希腊神话里，《尤利西斯返乡记》中的三位保护女神。在凝视中，他看到巴尔干动乱的历史和现实，流血和死亡从来不曾离开过这块多难的土地。《飞越疯人院》则是一篇出色的寓言，可谓是对当代法国思想家福柯的“疯癫—文明”“规训—惩罚”理论的形象解说：当一个人试图反抗某种既定的秩序，每每就会受到以堂皇的理由为借口实施的惩戒，甚至被清除，哪怕这种秩序是多么荒诞。巧妙的讽喻，直指真实存在的困境。到了流亡海外的苏联导演塔尔科夫斯基那里，影像获得了诗篇的特质。《乡愁》，一首自亚平宁半岛遥望俄罗斯大地的诗。凝滞的长镜头，油画般的画面场景效果，浓雾笼罩下的田园，贯穿始终的汩汩水声，疯子在罗马广场的演讲，诗人手持蜡烛穿越水池的仪式，是一连串密集的象征。塔氏被公誉为“电影诗人”，用摄影机延续了蒲宁、纳博科夫、布罗茨基用文字对故国故乡所做的怅惘回望。读他的作品需要心智、感受，和足够的耐心。它们像是一杯苦涩的茶，只有澄心静虑，才能品出悠长的滋味。

《甘地传》当然是声光版的圣雄传记，严格的写实，讲述一位伟人的生平，和一片大陆的命运。《阿甘正传》呢，则是借传记之名行虚拟之实，用超现实的方式讲述现实，二十世纪中后期美国的现实，一个人可能具有的生命的现实。《疾走罗拉》体现了后现代文本时空架构的某种特性：时间逆行，镜头不断地回返到当初，主人公面临三种可能，三种结局，三种人生的样式。眼下魔幻电影如火如荼，《指环王》《哈利·波特》系列连创票房纪录，但那种冲击力更多是拜技术和形式所赐，说到真正的魔幻精神，则非《黑暗中的舞者》莫属。对令人窒息的苦难命运的恐惧和逃避、获得拯救的期盼，经由另类的歌舞组合，表达得激情澎湃，直把人看得热血沸腾。《罗塞塔》却像是一部秉承“零度写作”原则的纪实文学，冷静客观，不掺杂拍摄者个人的主观感情。摄影机同步跟进，晃动的镜头，快速的拼接，把主人公十八岁女孩急促的步履和沉重的呼吸，径直送到你的眼前耳畔，传递出底层人生苦涩的原味。阿尔莫多瓦的西班牙风情，则是另一个极端，赋予影片最充分的戏剧性，让人想到曾经一度流行的跨文体写作。广告、拉丁音乐和舞蹈、嵌入的电影片段、同性恋、变性人、软色情、离奇的情节、难以置信的巧合，共同编织了一出出爱与死亡的激情故事，炽烈如同那些大红大黄的色彩。围绕着《鲜活的肉体》，上演了多少《捆着我，绑着我》式的悲喜剧，打造出了多少《神经濒于崩溃的女人》。

博尔赫斯说过这样有气魄的话："世界历史就是一本书。"电影在世界之内，自然也是书的一部分，一页、一段或者一行。童年青年中年老年。童话诗歌小说散文。不同体裁的书被用作喻体，比况生命的不同阶段，对此我们已经耳熟能详。电影是用镜头的篇页连缀拼接的人生之书，时间是其中的第一主角，所以塔尔科夫斯基用"雕刻时光"来表达自己的电影艺术观。两个小时里，说尽平生。一页之掀，倏忽数年。《阳光灿烂的日子》《牯岭街少年杀人事件》《教室别恋》，是关于少年关于成长的回忆录，至少也是片段。青涩的时光，忧伤的青春，挟带着暴力和性的觉醒的爱情。成长的标志是创痛，经由一次次的心灵结痂而实现，同时以交付出梦想和激情作为代价。章回小说喜欢说“且听下回分解”，电影里的下回，便是魔法的一次次施展：刚刚红颜照眼，转瞬韶华不再，谁能阻拦？王家卫执导的《花样年华》中，张曼玉饰演的女主角风情万种，却在淅沥的雨声中，在确凿的背叛和模糊的期待中，渐渐老去，不得不老去，真是此情何堪，夫复何言！同为香港导演的许鞍华，先后有《女人四十》《男人四十》问世，生命中场的诸般滋味中，最浓一味是苦涩。四十岁的感慨哪儿都有，跨越文化宗教种族国度，大陆这边是《一声叹息》，大洋那边是《美国丽人》。再向前走一程，《关于施密特》正在不远处等着。老了，退休了，等着有地方接纳他去发挥余热，等着女儿有耐心接受他的关心，却都等不到，只好给一个偶然认识的非洲男孩写信，借以排遣内心无穷的寂寥，和不堪忍受的生存之“轻”。不妨将这样一份惶惑尴尬，和西塞罗《论老年》的长篇论述比照着看，才好说拼接完整了一幅老龄的全息图像。看这样一些电影，谁说不是在回望和前瞻自己的足迹车辙？酒杯举起时，浇泼的不正是自己胸中郁积的块垒？

大道多歧，具体的、个人的命运又何尝不是如此。人生道路毕竟万千条，许多从无交会的可能，因此不妨看一看别人的生活，别处的风景，以扩大自己的经验世界。仿笛卡尔“我思故我在”，不妨说“我观故我知”。最方便因而最常用的方式，是把不同题材的影片当作窗口，透过它来张望或是窥伺那一片片经常是殊异的风景。这就好像谁想了解某个领域的情况，通常会到图书馆中，通过分类卡片查询检索。但说《七宗罪》是惊悚小说，《野战排》《全金属外壳》是战争小说，《地铁》《猜火车》《发条橘子》是犯罪和沉沦小说，显然是同义重复，说了等于没说，需要更进一步的解读，找出深藏在故事皱褶、情节肌理中的人性的歌哭——而这只有通过读书般的投入、沉浸、吟味才能得到，而不能听任影像画面在眼前一掠而过，毫无用心。因此，说看电影仿佛读书，不仅仅是在修辞学的意义上。

用这样的方式来观看，你就会发现可归入监狱题材的影片《肖申克的救赎》，实在是一部最好的励志读物。非人的铁窗生涯，将多少人的意气梦想消磨殆尽，变得浑浑噩噩，但蒙冤入狱的主人公，面对把牢底坐穿的无望，却从不自暴自弃。数年中，他每天都坚持向有关社会机构发出一沓求助信，不屈不挠，终于得到了大量的捐助，将原来简陋的图书馆扩充得有模有样，还辅导不识字的狱友自学文化，使其通过考试取得了资格证书。他的每一天都过得充满意义，富有尊严。最为震撼人心的一幕，是他在面对狱方的残酷黑暗而彻底绝望后，通过凭借信念、毅力和缜密在二十年间偷偷挖掘的一条秘密通道，逃出监狱，逃向自由。影片告诉观众，一个人在绝境中可以怎样做。其内在精神，让人联想到德国心理学家弗兰克的《活出意义来》，一部源自体验的人本主义心理学名著。二战期间，弗兰克曾被关押在奥斯威辛集中营中，他观察到，即使在这样恐怖的地方，毒气室和焚尸炉随时可能攫取人的生命，人的外在的行动自由被剥夺殆尽，但仍然具有内在的精神自由，那就是可以选择以尊严的态度，面对和承受苦难。这也正是海明威小说《老人与海》中表达的主题：一个人，你可以把他打败，却无法把他打倒。战场就在人的内心，敌人就是怯懦、放弃、屈服，以及一切自我挫败的念头。

有些书在所呈现的面貌之后，有更丰厚的意味，就像塞万提斯的《堂吉诃德》，游侠小说外表之下遮掩不了其发掘人性的努力。同样，一些电影在类别的标签下，也有更开阔的解读空间。如果不悉心品读，就会把丰富的对象单薄化了。斯皮尔伯格拍摄于二十年前的《E.T.》，仅仅是关于外星人的科幻电影？小男孩和被遗弃在地球上的外星人纯真的友情，一页美丽的童心和人性，令人对高科技的前景充满信心。但到了后来，在库布里克的《飞向二十一世纪》，技术的阴影已经被充分地渲染了。希区柯克的《群鸟》，结尾群鸟袭击人，在恐怖惊悚的画面后面，有另外的一些什么？不可测知的灾难？危机四伏的生存？令人悬想不尽。

就个人趣味而言，相对黄钟大吕般的宏大作品，我尤其喜欢那些具有隽永的风味，令人想到一篇散文、一首诗歌的影片。好有一比：烈酒不适宜频频把盏，但清茶却可以时时啜饮。这类影片故事情节不多也不曲折，省出的空间留给了心绪的酝酿，氛围的布设。温馨是它们的基调，扪摸灵魂最柔软的部位。像陈英雄的《青木瓜飘香》，就是一位侨居巴黎的游子对于记忆中故国的深情回眸。五十年代初的越南，战争前宁静的河内，一个温暖的亚热带的梦境。溶溶月，翦翦风。虫鸣唧唧，琴声泠泠。澄澈的眸子，润泽的肌肤，清晨微明中的凉爽，黄昏晕染弥漫的灯光，剖开木瓜，排列整齐的种子像晶莹剔透的珍珠。像席慕蓉还是林海音？林海音《城南旧事》的结尾，在老北京南城胡同长大的小英子，跟着父母去了海峡对面的岛上。在知了声声鸣着夏天的漫长暑假里，她会不会也像五年级男孩冬冬一样，到长着遮天蔽日的老榕树的乡下度假？到底同宗同祖，《冬冬的假期》，还有《童年往事》，在台湾侯孝贤的笔端，流淌出一样的清新情韵——摄影机也是导演手里的笔，在各人手中会写下不同风格的文章。这样的作品，应该类似唐诗中的绝句。唐诗香清溢远，不唯氤氲中土，还传播至四邻；袅袅余音，不但飘荡在往日农业社会湛蓝的天空，即使在今天的通都大邑的高楼深巷之间，也随时能够捡拾到它溅落的串串韵脚。韩国的《八月照相馆》，一对青年男女欲说还休的爱情，有关生命和死亡的不朽主题。惆怅隐忍，平静从容，现代化的都市生活，古典东方的美学韵味。不过倒也不必过分强调文化的区别，灵魂有着相同的构造，关键要看拨动心弦的是一只什么样的手。看侯麦的《四季的故事》，法兰西的精致、细腻与妩媚是他的，画面的光和影是毕沙罗、西斯莱的，音乐是克莱斯勒的，如醉如痴是我的。

多数电影自书改编而来，书是电影的生身之母。然而这个家族最不讲究长幼排序先来后到，常常是备尝劬劳的母亲默默无闻，等到儿子大红大紫衣锦还乡，人们才想起他也是父母生养的。所以小说先要登上屏幕才能更好地登上书架，所以那么多小说家争着给张艺谋打工。这是声光时代的游戏规则，你可以不服气，但奈何不得。看电影仿佛是读小说的缩写本，与一两个小时的时间相匹配的空间中，勉强放进去了故事梗概，却不容易容下心绪幽微、情感烟云、字词风采，而后面种种，却正是构成作品魅力的关键因素，就好比美人之为美人，除了身高、体重、三围等“硬指标”外，更多的还是要凭借憨笑丰肌，顾盼生姿，嘘气若兰。托翁《战争与和平》里，安德烈亲王在奥斯特利茨战役中身负重伤躺在地上，仰望无垠的蓝天，对于生和死、短暂和永恒，生发出大段感悟，电影画面无能为力。纳博科夫的畸恋小说《洛丽塔》历经挫折搬上了银幕，却未获预想中的成功。除了触犯了当时电影不得表现乱伦主题的禁忌，我想更深层原因，还在于它是一种冒险的转换。纳氏之成名，除了题材独特，其独步天下的文字魔力，筑成了另外的半壁江山。那些自嘲、反讽、双关语等，联袂而来翩然而去，触摸探勘的，正是人性纵深处最幽暗暧昧的部分，对此电影语言如何表达和再现？而舍弃了这些，尽管演员演技不错，到底只能止步于一个畸情故事。就好比飞燕不复擅舞，虞姬不复能歌，虽然姿色依旧，还能说是本来的她么？

我自然也明白，指望如花少女兼有耄耋老者的识见，要求攀岩高手同时又是游泳健将，既不讲道理，又没有可能。电影之所以能够那么久地雄踞艺术前台，那么无远弗届那么老少咸宜，公正地讲，倒也有自己的利器高招。一些东西隐匿之处，另外一些东西凸显。画面、音响给人生动逼真的现场感，更让人能够随时进入和沉浸，所以好莱坞被称为“梦工厂”，也是名副其实或者说实至名归。这样一想，就应该能够比较释然了。至于文字转化为画面而造成的语言魅力的耗损流失，就权当是读了唐诗宋词的白话今译吧。归总了看，能否说不赔不赚？说不好，不好说，因此，不说好。就个人而言，我认为使遗憾最小化的方式，是既读书又看电影，吃着碗里的看着锅里的，鱼与熊掌都争取得到，尽量求得对审美资源的充分发掘，获得最大化的审美体验。个人的体会，恐怕只对个人才适合吧。

有多少关于读书的书？我无法回答，料想别人也一样。哪一部是最好的关于电影的电影？我想大家推荐的会差不多。文章最后，当然不能不谈一谈朱塞佩·托纳多雷的《天堂电影院》，电影爱好者的《圣经》——谁最先想到这个比喻的？应该以电影的名义奖赏他。它被称为电影中的电影，仿佛博尔赫斯被称为作家中的作家，《圣经》被称为书中之书一样。故事背景是五十年代初，意大利西西里岛上的小镇，那里人人热爱电影，放映机的光束投射进每一颗灵魂，少年在电影中梦想憧憬，成人在电影中悲欣交集。那些为电影而陶醉的场面，那个泪花闪闪、把每句台词一字不漏地背诵到底的观众，那段被银幕上下的光和影浸润的、刻骨铭心的爱情，都在讲述着关于美、关于爱、关于生活的种种。那是电影的黄金时代，走进电影院，就是走进了天堂的一角。这种情境我们也曾经十分熟悉，七十年代，我们的少年时光，有多少个夜晚，是在故乡小城设施简陋的影院，甚至是在村镇的露天放映场上度过的，成为那些贫穷单调的日子里的一缕温馨记忆。这些美好记忆，足以让我们重新捡拾回对于电影的信仰。把电影进行到底！在镜头变换、光影明灭中，安放我们的梦想，检视我们的人生，直到剧终。

在大自然的怀抱中

一

有多少人的写作爱好，是起步于欣赏文学作品中的自然风光描写？

这或许应该成为一个研究课题或者方向。文学开始于感觉的发育，情感的觉醒，所以一个人在少年时代爱上文学，是一件再自然不过的事情。两性情感的最初的萌生，对生活的奥秘和意义的疑惑，当然也都是重要的触发因素，但这些需要机缘，也需要灵魂的敏锐。

相比之下，恐怕来得最为直接和普遍的，还是大自然的影响。

回想起自己对文学最初的爱好，总是伴随着对田园风光的记忆。小时候生活在农村，记得那时冬天特别寒冷，但每年开春的那些日子，阳光变得格外明亮和温暖，房檐上垂挂的长长的冰溜，开始滴滴答答地融化，村边小河里厚厚的坚冰，也生出一道道的裂纹。土壤也开始返潮，有些地面湿漉漉的像被水浇过。包在厚棉鞋里面的脚指头变得发痒，和小伙伴们追逐嬉耍时，脑瓜会冒出热气，棉袄也穿不住了。这样的日子总是带来一种欢欣雀跃，和多年后初恋的心境极为相似——人和自然，不同的对象，却同样成了美好的泉源。多少往事都淡忘了，但这些画面始终十分鲜明。等到几年后搬到县城，开始接触文学作品时，首先喜欢上的便是其中关于大自然的描写。

二十世纪七十年代，能够读到的文学作品还很少，像《小英雄雨来》《向阳院的故事》《三探红鱼洞》等，我都反复读过多遍。印象最深的是浩然的作品，那个年龄读他的长篇小说《艳阳天》《金光大道》似懂非懂，但他写乡村儿童生活的短篇小说集《七月槐花香》《幼苗集》等，因为描写的是京津一带的农村，风土人情与我的华北平原的故乡极为相似，因此读得如醉如痴，专门将我觉得写得精彩的段落摘抄在一个本子上，其中风景描写占了大部分。

然后便是模仿着写，写树林和田野，写朝霞和落日，写风和雨，写县城东门城墙外月光照耀着的小河，写城西公路边一处古墓地秋天长满野草和酸枣树丛的景色，还写对小时候生活过的农村风光的记忆，为此还专门在暑假到姥姥家所在的村子里住了好几天。

对文学作品中大自然描写的迷醉，从那时开始，一直持续到今天。

二

改革开放，国门大开，世界各国文学给予了中国作家丰厚的馈赠和启发。各种主义、流派纷至沓来，从写什么到怎样写，让人眼花缭乱，深刻地影响了好几代写作者。在不同的时期，我也程度不同地关注过其中的某些流派、作家和作品，有些浅尝辄止，有些浸润较多。但有一点始终没有改变，那就是对描写自然的文学作品的喜爱。少年时代的爱好不但未曾改变，反而随着阅读视野的扩展，变得越来越执着。

显然，在范围广阔的外国文学中，这方面的内容是一座存量巨大的宝库。这个话题过于浩大，有无从下手之感。为方便计，我想缩小一下范围，以散文作品为例。

按照接触时间的先后来排序，最早无疑是俄苏文学。其中，屠格涅夫的《猎人笔记》，牢牢镌刻于记忆深处，也可以说是进入我个人的大自然文学作品收藏库中的第一本。十九世纪中叶的俄罗斯乡村，广袤的森林和原野，大自然的美丽和农奴制的黑暗，都是那样令人惊心动魄。但在当时的年龄，我本能地更偏爱欣赏作家对自然风光的出色描摹，尤其是像《白净草原》《树林和草原》那样的抒情气息浓郁的篇章。即便在几年后重读时，尽管已经深入理解了作品中那些社会批判性的内容的价值，有关大自然的描写的动人魅力，也并未因此而有一丝一毫的消减。

几年后，二十世纪八十年代初期，我又读到了康·帕乌斯托夫斯基的《金蔷薇》。翻译者是李时，上海译文出版社1980年9月新1版。白色的封面上，左侧三分之一的位置，是一高一低两枝花和各自的几片叶子，线条简约，颇有几分绢花意味。封底右下角书号和定价的上面，印着“内部发行”。

发现这部作品，对于我来说是一个影响终身的重大事件，甚至要超过《猎人笔记》。这本书的副标题是《关于作家劳动的札记》，是一部教导作家写作的书，对几代中国作家都产生过非同寻常的影响——我就多次读到不同作家的文章，深情地回忆这本书给予自己的启发和引导。几年后，我还读到翻译家戴聪的名为《金玫瑰》的译本，这个版本借当时外国文学热方兴未艾的天时之利，发行量更大。

这本书是一部别具一格的创作论。作家从切身感受出发，谈及灵感、主题、人物、情节、细节、氛围、节奏、语言等写作中的诸多方面，独出机杼。书中风景描绘的内容非常丰富，而且围绕上述许多命题的阐释，都可以说是借助风景刻画来实现的。

譬如，为了强调情感性记忆——他形象地称之为“心上的刻痕”——对构思的作用，他结合自己一个短篇小说的写作，描述了他所居住的乡下破败庄园深秋时分纷飞的黄叶，低垂的乌云和连绵的冷雨，这种萧瑟、阴郁和凄凉，反而使他逸兴遄飞——“我永不会忘记这种秋天的悲哀，它跟心灵的轻松和平凡的思想奇妙地结合在一起。”再如，为了论述文学语言的精确性，他以对下雨的描写为例，雨有“毛毛雨、晴天雨、霪雨、梅雨、疾雨、牛背雨、斜雨、骤雨、暴雨”等，这诸多种不同的状态，在俄语中都有着相对应的词汇。

因此，在这部书里的最后一篇中，他这样总结式地写道：“应该沉浸在风景中，好像把脸埋在一堆给雨淋湿的树叶中，感觉到它们的无限的清凉、它们的芬芳、它们的气息一样。”因为，“只有当我们把自己的人的感情移到对自然的感觉中去，只有当我们的精神状态、我们的爱、我们的欢乐和悲哀完全和自然相适应，自然才会对我们发生极大的影响”。

这部《金蔷薇》让我第一次鲜明地认识到，原来人与大自然是这样的一种关系：大自然不仅仅是客体，是人观看和描绘的对象，它还是人的生命的组成部分。既是他的内在心灵世界的一个源泉，也是他的情感和精神投射的外部目标。大自然有灵性，有魂魄。在其后陆续翻译出版的帕乌斯托夫斯基的大量作品中，像《面向秋野》《猎户星座》《一生的故事》等，这些观念都得到了充分而动人的表达。

与它几乎同时进入我的视野的，是蒲宁的《阿尔谢尼耶夫的一生》，据说这部作品的出版是让他荣获诺贝尔文学奖的重要原因。在某种意义上，它可以看作是对《金蔷薇》中的许多涉及自然的观点的形象印证，虽然它的问世早于帕氏作品二十多年。这部自传色彩浓郁的小说，有着鲜明的散文化风格。他描绘了俄罗斯中部乡村的生活和田野风光，夏日铅灰色的白昼，风雪凄迷的冬夜，牲口棚下的牛蒡，池塘边的白嘴鸦，圆木搭建的古旧的教堂，荒凉的乡村墓地，都是最为寻常朴素的景色。这些大自然的丰富形态，光线、气味、声音和色彩以及它们之间的联系，都能够给他带来或强烈或微妙的情绪反应。作者在书中说道：“我对土地和天空，对天空色彩的真正神奇的内涵和意义，永远地怀有最深刻的感情……我到死的那一刻，都会记得天空透过树枝树叶显露出的淡紫色的湛蓝……”[①]只有一颗挚爱自然的灵魂，才能产生这样的感受。

不论是旧俄时期还是苏联时期，都有众多描绘大自然的作品，仿佛一桌桌丰盛的宴席。短短的几年中，我读到许多这类的作品。珍宝得来如此容易，每每令我在潜意识中有一缕不安。像被誉为“大自然的调查者”的普里什文的《大自然的日历》《林中水滴》《大地的眼睛》等众多作品，阿斯塔菲耶夫的《树号》和《俄罗斯田园颂》，拉斯普京的《贝加尔湖啊，贝加尔湖……》，卡扎科夫的《橡树林里的秋天》……仅仅是列举书名，就会是一个长长的单子。

---

① ［俄罗斯］伊万·布宁：《阿尔谢尼耶夫的一生》，靳戈译，译林出版社，2004，第 32 页。

不同时代意识形态的差异和对立，在别的方面可能十分明显，但是在对大自然的态度上，却体现出了令人惊异的前后一致性。这是一种源自民族文化血脉的贯穿。

我那时参加工作不久，上夜班，白天有大量的时间，可以到处游荡闲逛。在那个夏天，我让自己用帕乌斯托夫斯基、蒲宁那样的方式，感受和记录下大自然的状态。它们不仅仅是通常认为的可以被摄入镜头的“美”的景色，而是这个季节中大自然的纷纭芜杂的种种表现，像烈日下某一扇半开的玻璃窗的耀眼反光，像柳树树枝被风翻卷时瞬间呈现出的色彩的深浅差异，像骤雨落在屋顶上激起的团团雾气，像街边垃圾箱里西瓜皮发出的甜丝丝的馊味。我希望将来能够写出一本《夏日随笔》。虽然后来只写过两篇不长的散文，但由此获得的感受和记忆，却异常深刻。

三

我需要尽快转换话头，以免让人以为这篇文章是有关俄苏文学的专论。

其实，在世界各国，关于大自然的描写都是文学中的重要内容。非洲的沙漠、澳洲的牧场、北欧的峡湾和湖泊、南美的森林与大河、椰林摇曳的太平洋岛屿、驯鹿出没的加拿大荒原……哪里有生活，哪里就有爱，而大自然便是爱投向的对象之一。

书桌左前方，台灯旁边，那个小小的地球仪，陪伴我超过二十年了。对于生活在“地球村”时代的人，这是一个必要的配置。每次用手指轻轻拨动它，我都会感受到一种隐秘的惬意。此刻，地球仪上我的目光直对的那一片微凸的球面，正是蔚蓝色的地中海区域。

海水颜色的上方，也就是地理位置的北方海岸边不远处，有一个地方叫作普罗旺斯，如今已经成为小资读物中的热点与标配，有关出版物可谓坑满谷盈。其实，早在一百五十年前，短篇小说名作《最后一课》的作者、法国作家都德，就在《磨坊书简》一书中，写出了这个曾经的古罗马帝国行省的风土和人情。河谷坡地上的磨坊，风车慢悠悠地转动；一垄垄橘子树起伏绵延，树叶仿佛涂了一层釉彩，在阳光下熠熠闪亮；远处，阿尔卑斯山的山脊映衬着蓝色天幕，好像一道道剪影。薰衣草浓烈的芬芳，寂静中突然传来的木笛声，树枝间轻轻抖动的精致的蜘蛛网，早餐桌上的无花果和麝香葡萄，繁星点点的夜晚牧童的奇遇，用当地方言写作的执拗而快乐的乡间诗人……质朴，恬淡，清新，谐谑，一幅汇聚了众多动人细节的明媚画卷。

目光掠过海面，向着西南方向滑动，落在比利牛斯半岛的南部，西班牙古老的土地上。从安达卢西亚到卡斯蒂利亚，阿索林写下了淡淡的哀怨。荒凉的田野，寂静的村庄，杏树、橄榄树和石榴树，客栈、斗牛场和教堂尖塔，更夫从冷清的街道上走过，铁匠打铁的声音击破了沉寂，花园里残破颓圮的水池，小城夜晚怅惘的笛声，分别成为一篇篇散文的背景。那些农夫和女仆、修伞人和卖货郎、绅士和法官，不论身份卑微还是尊贵，都负载了这一块土地的沉郁忧伤。时光的递嬗中展开着生命的轮回，永恒的哀愁贯穿了不同的世代，是隐忍平静，是达观知命，是“知其无可奈何而安之若素”。作家致力于探讨的“西班牙的灵魂”“深奥的西班牙精神”，就藏匿在一系列丰富的物象中。

与在其他文学形式中一样，散文里对于大自然的描写，也打上了作家们各自的美学的、民族性的烙印。

目光再由此折向北面，跨越广阔的法兰西原野，掠过狭窄的英吉利海峡，落在英伦三岛上。英国人的绅士派头，也表现在他们的行文中，从容，优雅，冷隽，鲜见直白的情绪宣泄，最强烈的感受也总是被智性有效地约束。像吉尔伯特·怀特的《塞耳彭自然史》，就被文学史家誉为“十八世纪留给我们的最愉快的遗产之一”，是书信体写作的范本。一个偏僻的英国乡村的风光，草木虫鱼，飞禽走兽，气候和景物的变化，以及宁静舒缓的古老生活的魅力，被其娓娓道来，令两百年中的多少代读者为之倾倒。在狼奔豕突的现代生活中，那样的日子越发让人怀想。更晚一些，19世纪后半期，又有威廉·亨利·赫德逊，自小生活在南美阿根廷的牧场，细致描绘种植园的美丽风光，大草原上的雷雨和蜃景，鸟类迁徙时的队列和歌声，被他的同胞、英国小说家高尔斯华绥称赞为“是眼光最敏锐、心胸最博大、最理解自然的一位观察家”。晚年迁回英伦本土，他的目光仍然延续着几十年间的关注，在汉普郡的一个村庄里，观察他早年就结识的鸟类的踪影。斑鸠的鸣声，夜莺的歌喉，在他看来胜过最美的音乐。

乔治·吉辛的《四季随笔》，更是具有一种交响乐般的恢宏效果。他一生贫穷坎坷，晚年才因获得一笔遗产而摆脱衣食之虞，得以从容地享受生活，欣赏自然。他以春、夏、秋、冬四个章节结构起整个作品，所有的回忆和向往、感受和思索，都在季节的怀抱里，在四时的风景中展开。春天小路旁吐露新芽的白屈菜，夏天明亮的花园里花草的芳香，秋天细雨轻敲树叶的声响，冬天壁炉里跳跃的火焰映着窗外的积雪……大自然呈现的丰裕之美给予他深长的慰藉，大半生的蹭蹬和屈辱，在笔下变得云淡风轻。书中这样一句话让人读来动容："我临死前头脑中最后想着的，将是那照耀着英国草地的阳光。"①

沿水平方向向左拨动地球仪大半圈，眼前出现

---

① [英]乔治·吉辛：《四季随笔》，郑翼棠译，湖南人民出版社，1986，第75页。

了另一个岛国。不能不说到我们的东邻，一衣带水的日本。德富芦花、国木田独步、东山魁夷、水上勉、井上靖……分别描绘了东京的郊野，京都的四季，北海道无边的雪原，伊豆半岛春天鲜艳的梅花。一位著名盲人音乐家宫城道雄，甚至通过聆听自然中的种种声响，来细腻地感知四季的情趣，并化为美妙的文字。川端康成获得诺贝尔文学奖后的那篇著名的演讲《我在美丽的日本》，就深入地谈到了大自然对于日本人心灵的深刻影响。同样是东方民族，中国读者容易理解那种细腻和敏感，一朵花的开放，一片叶子的飘落，自然界景物的微妙变化，都能在他们心中唤起丰富复杂的感应。

永井荷风的一段文字，颇能写照这种情与景、心与物紧密交融，被称为“物哀”的审美状态：“雨夜啼月的杜鹃，阵雨中散落的秋天木叶，落花飘风的钟声，途中日暮的山路的雪，凡是无常、无告、无望的，使人无端嗟叹此生只是一梦的，这样的一切东西，于我都是可亲，于我都是可怀。”[1]这样的表达，分明会让人联想到杜甫的诗句“感时花溅泪，恨别鸟惊心”，只是在东瀛作家那里，更容易也更多地呈现出某种决绝的、极端的意味。

上述种种，仍然只属于举例说明。写出来的，只是我接触到的多少分之一，因此也只能代表一部分阅读印象。好在这样的文字不属于学术研究，因此不必过多考虑是否周全严整等。我只是试图表明，文学中的这一方领域，是多么辽阔广大。

四

不用说，充沛的感受性是大自然题材散文的基本立足点和共同属性。但还不仅仅如此，精神性也是充分地寄寓于其中的。相当数量的散文，在让人产生情感共鸣的同时，也会有理性的收获——“诗”

① 周作人：《苦茶随笔》，北京大学出版社，2010。

之上，还有“思”。

托物咏志、借景抒情的修辞方式，在东西方都是一样的。在一位日本作家看来，路边的一株蒲公英，被经过的人们的脚步反复踩踏，因此扎根很深，长成了趴伏的姿态，令人想到一些卑微的、备受命运捉弄的人生，虽然只能以扭曲的姿态活着，却仍然坚韧顽强（壶井荣《蒲公英》）；在一位东欧作家笔下，被狂风吹到辽阔田野上的两粒种子，生根、发芽，长成了两棵远远分隔开的参天大树。田野里再没有任何别的树木，它们遥遥相望，相互思念，相互倾慕。这个意象，仿佛在诉说着人类永远的、本质上的孤独，和一切摆脱孤独的努力（埃林·彼林《孤独的树》）。

但这里我想说的，还是那种整体性的理性观照。

被称为“德国浪漫派最后一名骑士”的瑞士作家赫尔曼·黑塞，在作品中广泛地思考了回归自然这一主题。他热爱古老的东方文化，寄情老庄、陶渊明，认为只有投身大自然中，大工业时代带给人的精神困惑才能得到纾解。于是在天地山水间的漫游，便成为他的作品的一大主题。他继承了荷尔德林“人诗意地栖居在大地上”的精神血脉，也延续了将哲学寄托于诗歌中的德国浪漫派的文学传统。在《山口》《农舍》等一系列散文中，我们读到了这样的交融。他伫立于阿尔卑斯山的山口高处，世界之美以一种宽广的面貌呈现：一边是北方德国的景物和房舍，积雪微弱的闪光中散发出凛冽的寒意；一边是南方意大利浅蓝色的山谷，暖风中隐约飘来葡萄和杏仁的清香。这里是地理的分界线，也是语言的疆界，但对于一个像他这样以“流浪者”自称的人，每一片土地都是他的国土，都是他怀着乡愁的冲动不断地张望的地方。

同样是德语诗人，里尔克也习惯于从大自然中发现、印证和表达他关于世界和生活的观念。创造的本质及途径，是他关注的一个核心命题。俄罗斯之行，一望无际的辽阔的苍穹、土地和水域令他惊愕，在《彼得堡记事》中他这样写道："我迄今所见只不过是土地、河流和世界的图像罢了。而我在这里看到的则是这一切本身。我觉得我好像目击了创造。"他甚至感慨："我赖以生活的那些伟大和神秘的保证之一就是：俄罗斯是我的故乡。"[①]不难想象，这种体验一定会增进他对那个长久关注的话题的思考。几年后，当他在与一位青年诗人的通信中写出后面这些话时，俄罗斯冰雪皑皑的漫长冬日后的春天的田野景色，大自然在孤独和沉默中孕育新生命的坚忍，也应该会闪现在他的脑海中，成为他的思想的一个来源；"艺术品都是源于无穷的寂寞""不能计算时间，年月都无效，就是十年有时也等于虚无。艺术家是：不算，不数；像树木似的成熟，不勉强挤它的汁液，满怀信心地立在春日的暴风雨中，也不

① ［联邦德国］汉斯·埃贡·霍尔特胡森：《里尔克》，魏育青译，生活·读书·新知三联书店，1988，第 27 页。

担心后面没有夏天来到。夏天终归是会来的，但它只向着忍耐的人们走来”。[1]一种整体性的来自大自然的启发，又通过自然界中的具体物象加以寄托和表达。

相比里尔克平和冷静的理性表达，法国作家纪德的《人间的食粮》，则是一次激情洋溢、滔滔不绝的诉说。在一个对生活抱着热切憧憬的年轻人的眼里，人世间的一切遭遇，都是喂养灵魂的粮食，“每一触及我感官的东西，都给我带来了快感，就像我触摸到幸福一样”。他要“把欲望引向大地上一切美好的事物”[2]，这其中就包括大地上的无限风光。这部由日记、诗歌、旅行笔记、道德箴言等成分构成的近十万字的长篇散文中，大量段落是对自然界的风景物事的描摹。作者的感官彻底敞开，视觉听觉嗅觉触觉都被充分调动起来：被沙漠热风吹得飒飒作

---

① ［奥地利］里尔克：《给一个青年诗人的十封信》，冯至译，生活·读书·新知三联书店，1994，第15页。

② ［法］纪德：《人间的食粮》，张英伦译，中国工人出版社，1989。

响的棕榈树，湖中水草下面淤泥的气息，被揉碎的无花果叶子的清香，茴香繁密的茎秆在日光下金黄色的闪光……都是他贪婪地感受、品尝、沉醉的对象。对生命的肯定，对生活的热情，都体现在这样的渴望中，其本质是一种在感性领域追求无限的浮士德精神。跟随本能的召唤，摆脱伦理道德的束缚，这些借助鲜明的形象发出的呼喊，正是那个时代“重估一切价值”的精神思潮的折射。

五

有时，来自众多的作家的目光，投注于一个共同的领域，因而获得了一种整体性的浩大气势。它令人想到一支队伍的行进。

譬如美国的自然文学流派。这一流派起源于十七世纪，经过不断的发展，至今已经蔚为大观，在美国文坛有着重要地位和广泛影响。这个流派中的不同作家，在描写自然时有着各自关心和侧重的范围，但也有一个最大的通约数：探讨人与自然的关系。

对其源流做一番简单梳理，有助于加深了解和认识。它在本土的思想渊源，发端于十九世纪爱默生的超验主义哲学。在他的时代，人们更多看到的是自然的实用价值，而他却用一种超前的眼光，看到了自然所蕴含的精神价值，明确指出“自然是精神之象征”“每一种自然过程都是一篇道德箴言”。也是在长文《论自然》中，爱默生问道：“从一片风景中，在对一片风景的每一瞥中，我们难道就不能看到上帝的神圣和伟大、看到上帝的容颜吗？”因此他写下这样的判断：“我们对自然陌生的程度与我们同上帝疏离的程度是相等的。”他呼吁：“让自然渗入到我们生命中。”[①]他的这些核心观点，极大地影

① ［美］波尔泰编《爱默生集——论文与讲演录》(上)，赵一凡等译，生活·读书·新知三联书店，1993，第6—59页。

响了同时代的自然文学作家，成为自然文学的理论基础，是成为后来的那一条泱泱大河的最初的泉源。

他的挚友和信徒梭罗，用后来成为自然文学经典的《瓦尔登湖》等多部作品，对爱默生的多少显得有些抽象的思想进行了形象的阐释，使大自然获得了可视可嗅、可触碰可扪摸的生动质感，也为那一眼泉水注入了新鲜水源，成为一条活泼跳荡的溪流。《瓦尔登湖》如今已经无人不晓，也就毋庸再做更多的介绍评价。

倒是另外一部作品，值得稍微多花些笔墨。美国文学史上的不朽诗集《草叶集》的作者惠特曼，爱默生赏识的作家，也是梭罗的密友，他将爱默生“研习大自然”的倡导，诉诸真实的行动。在病魔缠身的晚年的某一天，他坐在小树林中的树墩上，写下了散文集《典型的日子》的开篇。在这本日记形式的作品中，惠特曼张开每一个毛孔来感受自然的魅力，文字中处处散发泥土和青草的芳香。读读这些动人的标题吧:《致清泉和溪流》《初夏的起床号》《日落的芳香——鹌鹑的歌声——隐居的画眉》《裸身日光浴》《最初的霜》《一棵树的功课》……凭借这种真实的沟通，从肉体到灵魂，他都深切地感知到了大自然的疗治作用:“感谢这无形的医生，感谢你无声的良药，你的日与夜，你的水流和你的空气，堤岸，青草，树木，甚至杂草！”[①]

在这些先驱者身后，走来了一批倾心于天地原野的作家。大自然以其丰富浩瀚，为他们各自的书写提供了个性特异的空间。巴勒斯徜徉于鸟类王国，缪尔跋涉于群山世界，奥斯汀走入干燥的新墨西哥沙漠，贝斯顿则栖身荒凉的大西洋海滩。一种高度的契合感，存在于这些生活在不同时代、大自然的不同形态里的作家之间。“在丛林中我们重新找回了理智和信仰”（爱默生）、“只有在荒野中才能保护这

---

① ［美］瓦尔特·惠特曼:《典型的日子》，马永波译，百花文艺出版社，2008，第50页。

个世界”（梭罗）、“在上帝的荒野里蕴藏着这个世界的希望”（缪尔）……这些句子里，有着令人惊异的紧密性和一致性。

当然，传承中又有新的发现和创见。二十世纪的自然文学作家们，让爱默生和梭罗等人关于自然的观念，获得了进一步的拓展。在这方面，利奥波德尤其可以作为一个路标，一座里程碑。

对于土地的情感，在他那里被提升到前所未有的高度。他在威斯康星河畔买下一座被废弃的、几乎沙漠化了的农场，进行生态修复的实验。他将这个过程和有关思考，写进了《沙乡年鉴》（或译《沙郡年记》《沙郡岁月》等）一书中。他认为人类对赖以生存的自然界有一种道德责任，主张保持生态健康，培养“生态良心”，明确提出了“土地伦理”的概念。他因此被称作“生态伦理之父”，这部作品也被誉为“土地圣经”。

当然，任何归类都意味着某种程度的过滤和排除。譬如我十分喜爱的美国散文家怀特，可能就不会被划入这个派别。但新英格兰地区缅因州的农场风光，冬日的暴雪，夏天的飓风，还有那些憨态可掬的鹅、浣熊和狐狸，在他极具个性色彩的语言的描绘下，分明别有一种鲜活美妙的情趣，让人过目难忘，迷恋不已。

因此，无论我们怎么称呼它们，自然文学也好，生态写作也好，呼朋引伴也好，独来独往也好，那些成功的作品，一定是遵循着一个美学呈现上的最大公约数——它是形象鲜活、气韵生动的。你看到雪花缓慢飘坠的姿态，听见鸟儿急促地拍动翅膀，闻到稻草烧成灰烬的气味，感觉出脚掌踩进淤泥时的清凉……大自然的美就在这些声色形相中。

即便是在利奥波德那里，深入凝重的理性思考，也不曾干扰他对于文学功能的清醒认识。他深知，“探索人类与自然的和谐关系是诗人的领域”，美是一条通往真理的可靠路径。在《沙乡年鉴》中，他依照日历的次序，逐月记录他眼中的大自然风光，每一个场景，首先是一幕美的画面：一月，臭鼬的足迹印在开始融化的雪地上；二月，闪电撕扯下一大块栎树的树皮；三月，雁群列队鸣叫着飞过；四月，紫荆花绽放；五月，北美鸳鸯在树洞里筑巢；六月，林中小溪里的鳟鱼上钩……

六

因为具备这般丰厚深邃的质地，我对大自然文学的喜爱，随着阅读的扩展而不断加深。如果说少年时的迷恋多少还带有某种偶然性，那么今天的执念，便是洞见其底蕴之后的主动趋奉。

文学源自生活，又成为一种自足的存在。秘鲁作家略萨写道，他第一次去爱尔兰都柏林时，满以为会看到乔伊斯《都柏林人》中写到的阴晦的天空下精神萎靡的人们，但目睹的却是一座欢快的、充满活力的城市，迎面走来的陌生人，友好地邀请他去喝上一杯啤酒。这让他有一种“被出卖的感觉”。

但阅读那些描写大自然的杰作，你不会产生这样的感觉。如果你已经去过，它会是一种印证，并以作者敏锐的发现、独特的关注，来补充你的经验，提升你的感悟。如果你准备前往，它又是一种提示和导引，仿佛掀起花房门口的一角帘布，让你预先感受里面的斑斓和馥郁。

依然是缩小范围，以美国为例。这个国家幅员辽阔，自驾旅行是亲自感受大自然的无边美丽的最好方式。就我而言，有至少两次印象深刻的经历，其原因很大程度上来自旅行与阅读的互动。

一次是在美国南部，沿着墨西哥湾北岸，自路易斯安那州的新奥尔良，西行至德克萨斯州奥斯汀。我对河流总是怀有一种特别的向往，这次行程就是为了去看两条大河，密西西比河和科罗拉多河。我有意选择了一条穿越密西西比河三角洲低洼地带的道路，为了充分观赏它的沼泽景观。在三角洲的上端始点、路易斯安那州首府巴吞鲁日，我站在平缓的河岸上，望着大水汤汤，想到马克·吐温的长篇游记《在密西西比河上》中的描写：“伟大的密西西比河，雄浑庄严、秀丽无匹的密西西比河，在阳光下泛着粼粼碧波，涌着一英里宽的大潮奔腾向前……极目望去，使人如临旷古如斯的大海，充满宁静、壮美。”[①] 这一切此刻正在我眼前展开，而《老人河》浑厚苍凉的歌声，也仿佛从水面上传来。几天后，几百英里之外，我又站在奥斯汀城里的一座山顶公园上，俯瞰科罗拉多河有如一条缎带穿城而过。河面宽阔，水流舒缓，两岸茂密的树木倒映在水里，清澈澄碧，如诗如画。然而，眼前风景的秀美妩媚，并没有改变约翰·鲍威尔《科罗拉多河探险记》一书让我生发出的想象。多年前阅读这部

---

① ［美］马克·吐温：《密西西比河上》，张友松译，百花洲文艺出版社，1996。

十九世纪的名作时，这条西部大河的气势就让我神驰不已：湍急的河水从陡峭的大峡谷中奔泻而下，狂野不羁，河道中巨石嶙峋，水流撞击的轰鸣声如同巨兽咆哮。借助于作者雄浑豪放的文笔，这条河流给予我的记忆如镂如刻。那是它的中上游景观，距离此地尚有遥远的距离。我梦想着有一天站在那里粗粝的风化岩上，感受那种让人心惊目眩的壮美。

另一次是在东部，从弗吉尼亚州首府里士满出发，一路向南偏西，穿过多半个北卡罗来纳州，再向西北折返，转入西弗吉尼亚州的群山中。这一段路程，大部分位于贯穿美东地区的阿巴拉契亚山脉的东麓谷地中。经常开车一两个小时都见不到人影，只有连绵的牧场、围栏和牛群，让人真切地感觉到大自然的辽阔苍茫。根据查尔斯·弗雷泽的同名长篇小说改编的电影《冷山》，描绘的就是南北战争时期发生在这一带山地中的故事。旅途中，我充分享受着五月末山野中的温暖与芬芳，但脑海里却同时叠印上了这里冬天寒彻肺腑的风景。这自然是因为我曾经对那部小说有过深入的阅读。在小说中，大自然的风景被笔墨酣畅地描绘，成为一种人格化的存在，成为情绪、愿望和意志的外在投射。那个名叫英曼的南军士兵，自感生命已经所剩无多，从战场逃离，忍受着病痛、孤独和不可测知的凶险，在风雪弥漫中长途跋涉，只为了回到偏僻的故乡冷山，回到孤独的妻子艾达身边。冷山是他的救赎之地，是他和她之间坚实的纽带。在与追捕者一番激烈枪战后，中弹的英曼倒在雪地上，死于艾达的怀里，艰难的爱情化作了一个凄美的传奇。

当然，这里谈论的已经不是散文了。

没有关系。这篇文章的开头就说过，从散文进入，更多是出于便利的考虑，为了努力达到事半功倍的效果。但只要这个话题稍稍展开，就一定会冲破人为设置的文体樊篱，向着广大的范围涌流。在散文中揭示的这些题旨，在诗歌中，在小说中，在文学的广阔的领域，同样也有着寄托和表现，甚至要更为深刻和饱满。譬如在一些长篇小说中，像挪威作家汉姆生的《大地的成长》，像澳大利亚作家怀特的《人树》，大自然的丰富和深邃，其外在形态和观念性存在，对于生命的启发和引领，都因为篇幅的浩瀚，而得到了充分的发掘和有力的表达。那样的规模和体量，令人想到一座高山，一条长河。

大自然与文学，文学与大自然，就是这样互相包孕，互相映照，互相成就。那么，一个虔诚的写作者，无疑应该牢记美国自然文学作家亨利·贝斯顿的名作《遥远的房屋》中的这句话："抚摸大地，热爱大地，敬重大地，敬仰她的平原、山谷、丘陵和海洋。"①

---

① 程虹:《寻归荒野》，生活·读书·新知三联书店，2011，第249页。

后 记

古人说的“读万卷书，行万里路”，是一种高标准、高品质的生活。对此生命的追求，真正实施者甚少。读书破万卷不容易，远行也是多有不便。时间走到了今天，旅途变得十分通畅，行万里路已经不是问题，读万卷书却仍不是件易事。这需要个人的自觉及社会的推动。而文字是一种释放，也是一种交流。作家的写作同样需要与读者互动。

漓江出版社顺应需要，提出了散文精品城际阅读，编辑系列名家丛书，以迎合扑面而来的旅途与信息相融的高铁时代。

谈起选题时，我们就谈到了“七”这个数字，它是“赤橙黄绿青蓝紫”的七，是“哆来咪发唆拉西”的七。让人联想到色彩的无限斑斓与乐曲的美妙变化。那么就定为七人吧，每一两年邀约七位活跃于当今文坛的作家，以构建可资阅读、珍藏、研究的厚重文库。

作家们欣然响应，很快传来了书稿，我们根据情况，组成不同年龄、不同性别、不同地域、不同风格的七人展。毋庸置疑，随着时间的推移，这个精品文丛将会显现出它茁壮的生命力。

由于疫情及其他缘由，这一辑稍有拖延，但我们仍然会看到欣喜的收获。

王剑冰

2020 年冬

王剑冰，著名散文家，我社《中国年度散文》《中国年度散文诗》主编，“旅伴文库 · 散文精品城际阅读”主编。

请记下你与日子的美好相遇

请记下你与日子的美好相遇

请记下你与日子的美好相遇

请记下你与日子的美好相遇

请记下你与日子的美好相遇

请记下你与日子的美好相遇

请记下你与日子的美好相遇

请记下你与日子的美好相遇

请记下你与日子的美好相遇

请记下你与日子的美好相遇

请记下你与日子的美好相遇

请记下你与日子的美好相遇

请记下你与日子的美好相遇

请记下你与日子的美好相遇

请记下你与日子的美好相遇

请记下你与日子的美好相遇